Jason

GEISTERJÄGER im Wilden Westen

BASTEI
LÜBBE

BASTEI-LÜBBE-TASCHENBUCH
Band 13 029

Titelillustration: Sebastian Boada
Umschlaggestaltung: Quadro-Grafik, Bensberg
Satz: Fotosatz Schell, Bad Iburg
Druck und Verarbeitung:
Clausen & Bosse, Leck
Printed in Western Germany
ISBN 3-404-13029-4

1. Kapitel

Als die Tür aufgedrückt wurde, schauten Jerry und Brody nicht hin. Erst das leise Quietschen ließ sie aufmerksam werden. Synchron drehten sie sich auf ihren Stühlen.

Beide sahen das gleiche – ein Bein.

Es schob sich durch den Spalt, leicht glänzend, von einer zweiten Haut umgeben, die sich glatt und geschmeidig bis zum Oberschenkel hochzog.

Der Fuß war gestreckt, nur die Zehen berührten den Boden. Es war der typische Leisetreterschritt eines Einbrechers. Die beiden Männer hockten da und warteten darauf, daß etwas geschah oder einem von ihnen ein guter Einfall kam.

Noch sahen sie nur das Gelb der hautengen Stiefel und das Schwarz der glänzenden Lackhose. Eine Atemlänge später schob sich etwas Rotes darüber. Hellrot, schockartig, mit glänzenden Metallknöpfen und zwei prallen Rundungen, wie sie nur ein handlicher Busen abzeichnen konnte.

»Das ist ein Weib«, sagte Brody.

»Gute Beobachtungsgabe«, lobte Jerry. Er bekam einen trockenen Hals und glaubte, daß Elektrizität über seine Kopfhaut fließen würde.

»Ob die auch ein Gesicht hat?«

»Kopflos sind nur wir«, meinte Jerry.

Und der Kopf erschien, vorsichtig, zögernd, auch bunt. Wenigstens die Haare.

Der rote Streifen paßte zur Jacke, der gelbe zu den

Stiefeln, und schwarz war wohl die Naturfarbe, die zwei Drittel der hochgekämmten Haarpracht einnahm.

Jeder Mensch hat ein Gesicht, auch die Besucherin. Sie schaute um die Türkante. Weiß war die Haut, sehr glatt, bis auf die rechte Seite, da schimmerte sie bunt, weil die Süße sie mit Konfetti beklebt hatte. Es sah aus wie bunte Sommersprossen. Die stark nachgezeichneten Augen zeigten einen dunklen Schimmer. Der Mund, geschwungen und knallrot, war zu einem unsicher wirkenden Lächeln verzogen.

»Ist das Madonna?« fragte Brody.

»Was sollte die denn hier wollen?«

»Mich besuchen.«

»Zu dir kommt ja nicht mal deine Mutter.«

»Laß meine Mutter aus dem Spiel. Wäre sie nicht gewesen, würdest du nicht einen so guten Partner haben.«

»Ja, Partner.« Jerry beugte sich vor. Er mußte sie einfach sehen, wie sie sich durch die Tür drückte und wie sich die enge Lederhaut knirschend um die Beine schmiegte.

»Die Hose kann noch nicht alles sein«, meinte Brody. Er griff zur Zigarettenschachtel und holte ein Stäbchen hervor. Mit zitternden Fingern schob er es zwischen die Lippen und begann damit, es auszulutschen.

So machte er es oft, wenn er nervös war, aber diesmal aß er sogar das Papier der Schokoladenzigarette mit.

»Soll ich die Tür schließen?« fragte sie.

»Mach das. Es zieht sonst.«

»Okay, Jerry!« Sie hob das rechte Bein lässig an, streckte es aus und kickte mit der Stiefelspitze gegen die Tür. Die beiden jungen Männer schauten zu, wie die Tür ins Schloß fiel.

»Ja«, sagte der Madonna-Verschnitt, »jetzt sind wir unter uns.«

»Richtig!« bestätigte Brody und schluckte den Rest der Zigarette hinunter.

Sie kam langsam näher. Nein, sie kam nicht, sie swingte. Der Gang war irre, der machte an, da war jeder Schritt ein kleines Vorspiel. Zwar sah das Gesicht aus wie eine Maske, aber irgendwie paßten die Farben zueinander, ebenso wie die Haarsträhnen, die bei dem Schritt wippten. Erst jetzt war zu sehen, daß sie unter der Lederjacke noch etwas trug. Ein dünnes Ding von T-Shirt, ebenso gelb wie die Stiefel.

Zwei Schritte vor ihnen blieb sie stehen. Genau in der Entfernung, die ihr Parfüm brauchte, um die beiden Männer zu erreichen. Sie sagten nichts. Brody schwitzte. Aber das lag an seinem Übergewicht. Nie hätte er zugegeben, daß die Besucherin ihn aufregte.

»Die ist heiß«, sagte Jerry zu seinem Kumpel gewandt. »Brody, die ist heiß. Hätte ich jetzt Whisky mit Eis, würde sogar der Würfel darin schmelzen, das kannst du mir glauben.«

»Kann sein.«

Sie schaute die beiden an. Zuerst Brody, dann Jerry. Es waren forschende und gleichzeitig wissende Blicke ihrer funkelnden, geheimnisvollen, dunklen Augen, und sie trafen wie Stiche.

»Ist was?« fragte Brody. »Soll ich mich ausziehen? Ich habe was zu bieten, Süße, ehrlich ...«

»Du bist Brody Parker, nicht?«

»Ja, so nannte mich mein Fräulein Mutter.«

Sie nickte und drehte ihren Kopf dem anderen zu. »Dann kannst du nur Jerry Kent sein.«

Kent grinste. Dabei brauchte er nur den Mund ein wenig weiter zu verziehen, denn er gehörte zu den Typen, die von der Natur ein Grinsen mit in die

Wiege gelegt bekommen hatten. Ein Arzt hatte ihm mal erklärt, bei ihm würde der linke Mundwinkel schief sitzen. Ansonsten sah er nicht aus wie ein Filmstar, eher guter Durchschnitt.

»Das bin ich auch. Willst du unter meine Verpakkung schauen?«

»Rede keinen Bockmist, Mann.«

»Aha, und wer bist du?«

Sie schob die Unterlippe vor und stemmte eine Hand in die Hüfte. Es war die rechte. Dafür drückte sie dann das linke Bein in Richtung Jerry Kent. »Ich bin Destiny.«

Jerry grinste wieder. »Das heißt Schicksal ...«

»Ja, Baby, ich, Destiny, bin euer Schicksal!«

»Bist du ein Bügeleisen, Parker?«

»Heiß oder kalt? Nein, wieso, Jerry?«

»Weil ich so platt bin.«

»Wegen ihr?«

»Bestimmt nicht wegen dir.«

»Das ist eben Schicksal.«

»Dagegen kann man doch ankämpfen, oder?«

»Wir immer.«

»Redet keinen Mist.« Destiny drehte sich um. Ihr Blick glitt durch den Raum.

Er war ziemlich groß und trotzdem eine Bude. Wohn-, Schlaf- und Arbeitszimmer in einem. Viel Gerümpel, aber auch Schränke mit Akten und Regale mit Büchern. Ein großer Schreibtisch, an dem drei Personen bequem Platz fanden, zwei Telefone, ein TV-Apparat, Recorder und Stereo-Anlage. Sie ging zu den Büchern und blieb davor stehen. Lässig baute sie sich auf, verfolgt von den Blicken der beiden Männer.

»Und?« fragte Jerry. »Kannst du überhaupt lesen?«
»Nein, ich rate nur.«
»Dann rate mal weiter.«
»Ihr seid die Geisterjäger, nicht?«
»Hast du das auch geraten?« fragte Brody.
»Fast. Tolle Bücher habt ihr hier. Alles nur Theorie. Zuviel Theorie, finde ich.«
»Die Praxis erledigen wir draußen.«
»Und wo bleiben die Erfolge?« Plötzlich drehte sie sich so hastig um. So heftig, daß Herry und Brody erschraken. Destiny deutete mit dem Daumen über die linke Schulter. »Theorie, Okkultismus. Wie fange ich Geister? Die großen, nicht erklärbaren Wunder. Geisterjagd leicht gemacht, für Anfänger und Fortgeschrittene. Gespenster in England. Alles tolle Sachen, ehrlich. Aber nichts Konkretes.«
»Das holen wir uns in der Praxis«, erklärte Jerry Kent und nickte bedächtig.
»Tatsächlich?« Sie kam näher, fand einen leeren Stuhl und setzte sich. »Ihr seid die Größten.«
»Gut, daß du es einsiehst«, meinte Brody.
»Aber nur in diesen vier Wänden.«
Jerry überlegte. Er besaß als einziger einen Kipp- und Wippstuhl. Den setzte er in Bewegung. Vor und zurück – und dabei grinste er noch schärfer. »Du hältst uns also für Versager?«
»Ja.«
»Was bist du denn?«
Destiny tippte unter ihr rechtes Auge. Erst jetzt sahen sie die grünlackierten Fingernägel. Damit kratzte sie gegen das leuchtende Konfetti auf ihrer Wange. »Ich bin tatsächlich die Größte.«
Beide lachten so lange, bis Brody »Ach« sagte. »Und um uns das zu sagen, bist du gekommen?«
Ihre Hand fiel wieder nach unten. Auf dem Ober-

schenkel blieb sie liegen und knetete das weiche Leder. »Nicht deswegen, obwohl ich es tatsächlich bin.«

»Dann sag den weiteren Grund und geh.«

»Ich gehe nicht. Ich steige bei euch ein!«

Jerry Kent stand auf und nahm eine Haltung an wie der Rekrut vor seinem Hauptmann. »Excuse me, Madam, aber dieser Laden wirft leider nicht soviel ab, als daß wir uns eine Sekretärin würden leisten können. So gern es uns leid tut.«

»Setzen!« sagte Destiny.

Jerry fiel auf seinen Hosenboden. Wippend blieb er hocken. Er wedelte mit der Hand, als wollte er Rauch zur Seite scheuchen. »Das war's dann auch, Süße.«

»Ich glaube, du hast Eierschaum im Hirn!«

Brody bekam einen roten Kopf. »Mußt du dir das Gefallen lassen, Jerry?«

»Im Prinzip nicht ...«

»Hört zu, ihr beiden Sackhüpfer. Ich will hier nicht als eure Vorzimmerpalme mitmischen, sondern einsteigen. Habt ihr verstanden? Voll drin, ihr Böcke. Ich bin euer Partner. Die Dritte im Bunde und so. Ich bin gut, sogar besser als ihr beide zusammen.«

»Das glaubst du?«

»Ja.«

»Hast du Beweise?«

»Klar, ich habe studiert.«

»Auf der Universität?« Brody kicherte.

»Noch besser. Bei meinem Großvater. Er war nämlich das Gespenst vom Tower, wißt ihr?«

»Und jetzt?« fragte Jerry.

»Hat er keine Lust mehr und mich als Erbin eingesetzt. Also, ich werde bei euch mitmischen.«

»Hm!« machte Jerry. »Habe ich falsch gehört, Brody, oder ist die wirklich so irre?«

»Nein, du, die gibt es.«

»Das kann ich kaum glauben. Du bist doch echt, nicht?«

»Echter als ihr Komiker. Was habt ihr denn bisher geschafft? Nennt euch Geisterjäger, lauft in London herum und habt eine Konkurrenz, gegen die ihr nicht ankommt.«

Kent verzog das Gesicht, als hätte er in eine Zitrone gebissen. »Ja, ich weiß, dieser Sinclair.«

»Eben. Und deshalb muß ich dabei sein.«

Parker lachte. »Und du kannst dich mit ihm messen?«

»Das habe ich nicht gesagt. Aber ich habe Ideen.«

»Und die wären?«

Destiny schaute wie ein Professor, der einen Prüfling vor sich hatte. Ihre schlanken Finger verschwanden unter dem Leder der roten Jacke. Dort holte sie etwas hervor, das nicht nur wie ein Holzstab aussah, sondern auch ein Holzstab war. An seinem oberen Ende befand sich ein helles, kugelförmiges Ding, das an eine Glühbirne erinnerte. »Das ist es, das euch fehlte!« erklärte Destiny voller Stolz.

»Ein Stab und eine Birne. Toll ...« Parker lachte.

»Laß sie doch mal erzählen«, bat Jerry.

Destiny schaute auf die Birne. »Es ist das Geistersuchgerät. Meine Erfindung. Beim Studium der Physik und der Magie ist mir die Idee gekommen. Das Ding ist stark.«

»Und was macht es?«

Sie schaute Jerry an. »Es spürt jeden Geist auf, den es hier in London gibt.«

»Hast du es schon ausprobiert?«

»Klar.«

»Welche Erfolgsquote?«
»Hundert.«
»Könnte es sein, daß wir schon mal von dir gehört haben?« fragte Parker. »Ich meine, Funk, Fernsehen, Illustrierte? Die Frau mit der Birne oder Lampe ...«
»Ich kann euch Beweise bringen.«
»Und wo?«
»Habt ihr Zeit?«
Jerry schaute auf die Uhr. »Ist schon Abend. Eigentlich wollten wir Schluß machen.«
»Was habt ihr denn schon getan?«
»Gedacht«, sagte Kent.
»Ist etwas herausgekommen?«
»Wir überlegen noch, womit wir die nächste Miete bezahlen.«
»Da bin ich ja genau richtig gekommen.« Destiny zog die Nase hoch. »So etwas muß man schnuppern. Und ich sage euch, in euch steckt mehr, als ihr je wahrhaben wolltet.«
»Der Meinung war ich auch!« rief Parker.
»Ja, aber ihr braucht einen Manager. Einen, der euch führt. Das werde ich sein.«
»Wo führst du uns denn hin?«
»In einen Keller.«
»Und was ist da?« fragte Kent.
»Das werdet ihr sehen.«
»Bestimmt ein Schatz!« vermutete Parker.
»Unsinn.« Destiny schüttelte den Kopf. »Aber ich will euch noch was sagen.«
»Jetzt kommt das dicke Ende!« befürchtete Jerry.
»Nein, es hängt mit der Lampe zusammen. Sie ist wunderbar konstruiert. Sie leuchtet auf, wenn ein Geist erscheint, und sie leuchtet in verschiedenen Farben und Stärken. Beim schwachen Gelb fängt es an, bis hin zur roten Alarmfarbe.«

»Aber das nur bei einem Supergeist, oder?«

»Genau, Brody. Nur bei einem Supergeist.«

»Hast du schon mal so einen gesehen?«

»Noch nie. Ich weiß es nur.«

»Sollen wir nicht die Probe aufs Exempel machen?« fragte Jerry Kent. »Kann doch nicht schaden.«

»Abgemacht. Aber nachher muß ich noch was essen.«

»Kau deine Schokoladenzigaretten, Brody. Alles andere kannst du dir sparen.«

Destiny stand schon an der Tür. »Wollt ihr, oder wollt ihr nicht?«

»Ja, wir kommen schon und müssen nur unsere Waffen mitnehmen, verflixt.«

»Die habt ihr auch?«

»Klar. Das kleine und das große Sturmgepäck. Heute nehmen wir das kleine.« Kent schaute Destiny an. »Was ist das denn für ein Geist?«

»Er nennt sich Midnight Lady.«

»Ein Weib!« kicherte Brody Parker.

»Möglich.«

Kent öffnete einen Spind. »Dann reicht wohl das kleine Sturmgepäck«, sagte er.

Sie kam wieder näher. Ein gespannter Ausdruck lag auf ihrem Gesicht. »Und was ist das?«

»Pistolen.«

»Mit Silberkugeln?«

»Nein, wir heißen doch nicht Sinclair.« Kent holte eine hervor. Sie war durchsichtig und bestand aus Plastik. In ihrem Magazin schwappte etwas. Destiny schüttelte den Kopf. »Verdammt, das ist ja Wasser.«

»Im Prinzip ja. Aber ein besonderes Wasser. Nämlich geweihtes. Da bist du platt, wie?«

»Kann man wohl sagen!« Sie schielte in den Spind. »Kann ich auch so ein Ding haben?«

»Soll ich?« fragte Kent.

Brody nickte. »Klar, heute sind wir großzügig. Sie soll sich ja nicht blamieren.«

Sie verließen ihr Büro. Über die schmale Holztreppe gingen sie nach unten und schlichen auf Zehenspitzen an der Wohnungstür ihrer Vermieterin vorbei.

Die aber hatte gelauert.

Ruckartig zog sie die Tür auf. Alle drei erschraken heftig, nur Brody Parker reagierte.

Er fuhr blitzschnell herum, zog die Pistole und drückte ab.

Die Wirtin hatte den Mund aufgerissen, weil sie anfangen wollte zu keifen. Genau in die Rachenhöhle traf sie der Wasserstrahl, ertränkte ihre beabsichtigten Schimpfereien und verursachte einen mittleren Hustenanfall.

Dann rannten die drei los, als säße ihnen der Leibhaftige persönlich im Nacken.

Der Mercedes, ein zehn Jahre alter Diesel und ihr Einsatzfahrzeug, stand in einer Parktasche. Sein Restlack glänzte vor Nässe.

Zwei Minuten später waren sie unterwegs. Vom Hustenanfall der Wirtin hörten sie nichts mehr ...

»Du hast doch keine Angst?« fragte Jerry.

»Wieso denn?«

»Na ja, so alte Keller sind nicht gerade das Wahre.«

»Spinner. Ich habe den Geist doch aufgespürt.« Destiny legte ihre Hand auf Jerrys Schulter. »Hör mal zu. Spiel hier nicht den Chauvi. Ich bin zwar eine Frau, aber bestimmt besser als ihr.«

»Ja, ja, schon gut. Sonst noch was?«

»Weshalb hast du Brody beim Wagen gelassen?«

»Weil er auf die richtigen Waffen achtgeben soll. Die liegen im Kofferraum.«

»Was sind das für Waffen?«

»Das sind Strahlenkanonen. Vom Krieg der Sterne aus der Leinwand geholt. Irre Dinger. Unsere Konstruktion. Die verschießen Laser-Licht. Kennst du doch, nicht?«

»Ja, aus der Disco.«

»Ach, vergiß es.«

Das Haus, in dessen Keller sie steckten, lag in Soho, nahe bei einem Abrißgelände. Niemand hatte sie gesehen, als sie hineingingen. Das Haus war längst unbewohnt. Selbst die Penner hatten sich verzogen, angeblich waren sie durch den Geist immer wieder in ihrer Nachtruhe gestört worden.

Früher mußte es auch mal Licht im Keller gegeben haben. Jetzt waren nur mehr die Leitungen zu sehen, die nicht unter Putz lagen, sondern sich wie dunkle, dünne Arme an der Decke und den Wänden entlangzogen. Das Mauerwerk sah brüchig aus. Die Feuchtigkeit hatte sich wie ein Film auf die Steine gelegt.

Die alte Eisentür am Eingang hatten sie mühelos aufbekommen. Jerry Kent hielt die Taschenlampe. Ihr Strahl schnitt einen hellen Tunnel in die Finsternis, huschte über die Spinnweben in den Winkeln zwischen Wand und Gewölbe.

»Weißt du denn genau, wo die Midnight Lady steckt?« flüsterte Jerry. Er hatte Furcht davor, laut zu sprechen.

»Noch nicht.«

»Und deine Lampe?«

»Wird sich melden.«

»Okay, gehen wir weiter.«

Sie mußten sich bücken, weil die Decke niedriger wurde. Nur ihre Schritte waren zu hören und das

Knirschen unter den Sohlen, wenn sie kleinere Steine zertraten.

Der Keller gehörte zu einem Haus, das sicherlich schon seine hundert Jahre und mehr auf dem Buckel hatte, und es lebte, obwohl niemand in ihm wohnte.

Selbst Destiny war still geworden. Sie konzentrierte sich ebenso wie Jerry auf den Atem, der aus den Wänden drang. Sie konnten ihn spüren.

Es war der Geruch des Alters, des Moders, der Vergänglichkeit. Bei jedem Schritt wurden sie vom Hauch des Unheimlichen gestreift, und zweimal nickte Jerry heftig. »Ich glaube, der hockt hier unten.«

»Woher weißt du das?«

»Erstens von dir, und du willst dich ja nicht blamieren. Und dann habe ich so ein Gefühl. Auf diese Midnight Lady bin ich gespannt, weißt du.«

»Ich auch.«

»Und was machen wir, wenn wir sie erledigt haben?«

»Erst einmal müssen wir sie haben, Mann.«

»Schon gut.«

Der Gang wollte kein Ende nehmen, bis zu dem Augenblick, als das Licht der Lampe auf eine alte Tür fiel.

Destiny blieb stehen. »Da ist es!«

»Das weißt du genau?« fragte Jerry ungläubig.

»Ja, Mann, dahinter liegt der Keller. Den werde ich mir vornehmen. Leuchte mal.«

»Klar doch.«

Destiny ging ihren Weg. Der scharfe Lampenschein begleitete jeden ihrer Schritte. Vor der alten, schon halb zerfallenen Tür stoppte sie einen Moment und legte erst dann die Hand auf den verrosteten Knauf, um die Tür aufzuziehen.

Sie bewegte sich kratzend über den Boden. Staub wallte hoch und geriet als kreisende Wolke in den Strahl der Lampe. Destiny wartete noch, bevor sie die Schwelle überschritt. Das Leder ihrer roten Jacke leuchtete wie ein breiter Blutfleck.

Tief atmete sie durch, denn sie hatte das Gefühl, daß ihre Stunde gekommen war. Dann ging sie den ersten Schritt, den zweiten, erreichte die Mitte des Kellers und versuchte, den hier irgendwo steckenden Geist zu provozieren.

»Hör zu, Midnight Lady. Hier kommt Destiny, die Geisterjägerin, die Frau, die alle Geister schockt und ihnen keine Chance läßt. Ich warne dich, ich bin gnadenlos. Ich mache mit dir kurzen Prozeß, verstehst du. Ich kämpfe, ich schlage zu, denn mein Großvater war das unheimliche Gespenst vom Tower.«

Jerry Kent war nähergekommen und stand ebenfalls im Keller. »Glaubst du an das, was du sagst?«

»Klar.«

»Dann mach weiter.«

»Unterbrich und störe mich nicht immer«, beschwerte sich Destiny. »Ich bin gut, ich bin sogar genial, und Genies müssen sich auf eine gewisse Art und Weise konzentrieren, aber das kannst du nicht verstehen. Ruhe brauche ich, nur Ruhe.«

»Dann mach mal.« Jerry lehnte an der Türkante. Er ließ die Lampe brennen, so daß der Keller nicht ganz so düster wirkte.

Destiny nahm die Geistersuche sehr ernst. Rechts von der Tür begann sie. Dabei hielt sie sich dicht an der Wand, setzte ihre Schritte sehr vorsichtig und behutsam. Sie wollte den Geist durch unüberlegte Reaktionen nicht verschrecken oder wütend machen.

Bei jedem Schritt bückte sie sich und strich mit der Geistersuchlampe am modrigen, feuchten Mauerwerk entlang. Dabei murmelte sie Worte, die Kent zwar hörte, aber nicht verstand. Er wollte sie auch nicht fragen, denn Destiny befand sich in ihrem Element.

Sehr genau untersuchte sie die Kellermauer, erreichte ihr Ende und nahm sich die nächste vor. Ihr Schatten bewegte sich auf und nieder. Er war vergrößert und huschte wie das Abbild eines Monstrums über das Gestein und den schmutzigen Boden, auf dem der Staub schuhsohlendick lag.

Plötzlich stoppte sie ihre Suche.

Jerry war hellwach. »Hast du was gefunden, Destiny?«

»Kann sein.«

»Und?«

»Noch leuchtet nichts.«

»Wo, in deinem Gerät?«

»Ja, aber ich spüre etwas«, flüsterte Destiny. »Es ist ein Kribbeln.«

»Auch in deinem Gerät?«

»Klar.«

Jerry lachte. »Ich spüre auch oft ein Kribbeln in meinem Gerät. Aber nicht in so einem beknackten Keller …«

»Da ist es!« Destiny machte fast einen Luftsprung. Ihre Augen begannen zu glänzen, selbst bei diesen herrschenden Lichtverhältnissen zu erkennen. Sie blieb für einen Moment stehen, genoß das Gefühl des Triumphs, bevor sie mit dem Geistersuchstab an der unteren Hälfte der Wand entlangstrich.

Jerry Kent achtete nicht auf sie. Er hatte nur Augen für die Glühbirne, die sich noch nicht erhellt zeigte. Das jedoch änderte sich. Destinys Arm befand sich wieder auf der Abwärtsbewegung, als sich im Innern der Birne etwas tat.

Ein schwaches Glühen war zu sehen. Gelblich, mit einem leichten Stich ins Grüne.

Destiny wurde aufgeregt. »Verdammt, ich habe ihn!« flüsterte sie. »Ich ... ich habe ihn.«

»Wo?«

»Hier, aber sei ruhig.« Sie ließ sich auf die Knie fallen und redete mit sich selbst, so aufgeregt war sie. Und die Helligkeit der Birne nahm zu.

Kent beobachtete die neue Partnerin sehr genau. Trocken war sein Hals geworden. Er hatte einige Zeit keine Geister mehr gejagt. Plötzlich spürte er die gleiche Aufregung wie damals, als sie dem ersten Gespenst gegenübergestanden hatten. Es war in einer Geisterbahn gewesen, wo deren längst verstorbener Besitzer umherspukte und den Fahrgästen Juckpulver in den Nacken streute. Da hatten er und sein Partner vor einem Neubeginn ihres Lebens gestanden. Das gleiche Gefühl spürte er jetzt auch. Sie würden wieder anfangen, jetzt zu dritt, irgendwie waren sie dazu verflucht. Sie – die Geisterjäger.

Und das Gerät funktionierte. Da hatte Destiny oder wer immer eine Superidee gehabt.

Die Farbe nahm an Stärke zu. Sie besaß mittlerweile eine Leuchtkraft, die sich auch außerhalb der Birne verteilte und in die Dunkelheit eine schwache Insel legte, die sich bewegte, wenn Destiny ihr Gerät an der Wand entlangführte.

Jerry Kent gab seine Kommentare. »Laß jetzt nicht nach, Süße. Bleib am Ball oder am Geist. Du schaffst es, du bist tatsächlich die Größte.«

Sie gab keine Antwort. Destiny kniete und arbeitete konzentriert. Plötzlich wollte sie jubeln, denn die Farbe im Innern der Lampe veränderte sich. Das Gelb verschwand, schuf einem grünen Farbton Platz, der sich zum Giftgrün wandelte.

»Jetzt!« rief Destiny. »Verdammt, jetzt ich habe ihn!« Sie blieb knien und wartete ab.

»Süße, du bist ein Genie!«

»Aber immer …«

Sekunden vergingen. Nur das Atmen der Geisterjäger war zu hören. Und dann regte sich der Geist.

Es begann mit einem Knirschen. Genau dort, wo Destiny hockte, war es innerhalb der Wand zu vernehmen. Ein Geräusch, als wären große Hände dabei, von innen her die Steine zu zerreißen.

»Das ist der Geist!« flüsterte Kent. Ehrfurcht schwang in seiner Stimme mit.

Destiny stand auf. Sie zog sich zurück. Jerry wollte sie nach dem Grund fragen, aber die Frage erübrigte sich.

Die Wand brach!

Das Krachen und Bersten des Gesteins rollte wie ein Gewitter durch den Keller. Steine, Staub und Mörtel spritzten hervor. Die größeren Stücke polterten zu Boden, kleine Splitter jagten geschoßartig durch die dicken Staubwolken, die mit einem hellen Kreischen ausgefüllt wurden.

»Der Geist!« schrie Destiny. Sie sprang noch weiter zurück und bewegte ihr Gerät wie einen Taktstock.

»Komm zurück, Mädchen!« Jerry wuchs über sich selbst hinaus. Als seine Partnerin nicht gehorchte, sprang er in die Staubwolke, hustete und zog Destiny zu sich heran.

Auch sie mußte keuchen.

Viel intensiver jedoch war der Schrei des Gespensts. Ein irres, wahnsinniges Brüllen, das aus der Wand drang, als wollte es durch sein Heulen die anderen Mauern des Kellers einreißen.

Und dann kam es selbst.

Midnight Lady!

Wenn man vor Angst bibbert, sich fast in die Hose macht oder anfängt, eine zweite Haut zu bekommen, ist das der Beginn einer Panik. Und so reagierten auch die beiden.

Jerry wollte raus. Er hielt Destiny gepackt, um sie aus dem Keller zu schieben, aber sie stemmte sich dagegen.

»Wir müssen weg, Desty!« Jerry kürzte den Namen ab.

»Nein, der Geist. Er ...«

»Wird dich schlucken, verdammt. Wir haben unsere Kampfgeräte nicht. So sind wir wehrlos.«

»Und meine Lampe?«

»Scheiß auf dein Gerät!«

»Da ist er!« Destiny ließ sich nicht beirren, riß sich los und starrte nach vorn.

Der Geist glühte in einem düsteren Rot und war staubumwallt. Ein Gesicht konnten die beiden nicht erkennen, nur einen kugelförmigen Körper, in dem es pulste, leuchtete, blinkte und strahlte, als würden unentwegt mehrere kleine Explosionen stattfinden.

Und er sprach! »Befreit!« grollte er. »Ihr habt mich befreit! Ihr seid es gewesen ...«

»Ja, ja, wir!« rief Jerry und streckte seinen Arm aus. Die erste Überraschung und Angst hatte er verdaut. »Jetzt zeig dich auch dankbar, Midnight Lady.«

»Ich dankbar?«

»Klar, du Pusteblume. Du hättest noch Hunderte von Jahren in dieser verdammten Wand hocken können. Wir haben dich rausgeholt. Du bist jetzt unser Hausgeist ...«

»Ich bin befreit. Ihr habt den Zauber gelöst. Chikaze kommt. Hört ihr? Chikaze! Merkt euch den Namen!«

»Heißt du so?« fragte Destiny. Sie stand neben

Kent und berührte ihn sogar. Den rechten Arm mit ihrem Geistersuchgerät hielt sie ausgestreckt. Die Lampe glühte noch immer grün und nicht rot. So war der Geist wenigstens nicht allzu gefährlich.

»Nein, ich bin nicht Chikaze. Es ist mein Bruder, mein Zwilling. Aber wenn ich erweckt werde, steht auch er auf und wird dort herrschen, wo er einmal geherrscht hat.«

»Und wo ist das?«

»Weit von hier. Verdammt weit ...«

»In Dallas?« fragte Jerry.

»Noch weiter. In einem Land, das ihm gehört. Ein Tal. Berge herum. Ghost Valley ...«

»Kenne ich nicht.« Jerry hob die Schultern.

»Noch nicht!« dröhnte es aus der Kugel. »Aber bald wird die Welt von Chikaze erfahren. Sehr bald schon. Dann zittert und bebt ihr vor Angst. Chikaze ist ein ganz Großer.«

»Wie groß? Empire State Building?«

»Was ist das?«

»Na ja, weißt du. Das ist so ein Turm, in dem einige Menschen wohnen und auch arbeiten. Irres Ding, kann ich dir sagen. Schon ziemlich alt ...«

»Ich bin älter und Chikaze ist es auch.«

»Glauben wir dir gern. Aber bist du keine Frau?«

»Nein!«

»Warum sagt man dann Midnight Lady zu dir?«

»Weil ich so heule, aber das geht euch nichts an. Ich werde jetzt zu ihm gehen. Zu Chikaze!«

»Der ... der meint es ernst«, flüsterte Destiny und schluckte so heftig, daß ihre bunten Haarsträhnen hüpften.

»Und was tun wir?«

»Hauen ab.«

Damit war auch Kent einverstanden. »Wir müssen

Brody Bescheid geben. Der wartet im Wagen und wird sich schon wundern.«

»Ja, ja …«

»Ganz langsam zurück!« flüsterte Jerry. »Ohne daß er es merkt. Wir tun so, als wollten wir …«

»Na wie denn?«

»Schon gut, Süße, schon gut. Mach ihm ein paar schöne Komplimente. Die hören sie immer gern. Ich ziehe mich zurück.« Er klopfte Destiny auf die Schulter.

»Jerry, du kannst nicht …« Sie sprach ins Leere, ihr Partner hatte den Keller bereits verlassen, stand im Gang und winkte mit beiden Armen.

»Du machst das schon, Süße. Du bist gut.«

Destiny schaute auf die Wolke. Sie hatte sich noch immer nicht beruhigt. Im Gegenteil.

Das Innere war in stärkere Schwingungen geraten. Da hatte das Pulsieren, Zucken und Blitzen sogar zugenommen. Fast schien es so, als wollte sich der Geist aufladen.

»Bleib mir ja von der Pelle!« flüsterte Destiny. »Komm nicht näher, du komische Gestalt.«

»Ich bin erweckt worden. Ich werde …«

Da passierte es.

Plötzlich explodierte die Gestalt. Fetzenartig flogen die glühenden Teile durch das Verlies und streiften auch die Gestalt der wartenden Geisterjägerin. Sie spürte den Hauch an ihrem Gesicht, die Wärme, das geisterhafte Vorbeihuschen und kam sich selbst vor wie ein Hampelmann, weil sie beide Arme hochwarf, sich mit einem Bocksprung auf der Stelle drehte und plötzlich den offenen Ausgang vor sich sah.

Sie warf sich hindurch. Gegen die Wand fiel sie, weil sie über die eigenen Beine stolperte. Dabei hatte sie Glück, daß die Glühbirne nicht zerplatzte. Durch den Aufprall drehte sie sich herum und stierte wieder zurück in den Keller.

Da stand er.

Eine schwarze Gestalt mit glühenden Augen und einer hellen Feder in den strähnigen Haaren.

Das war der wahre Geist!

Destiny rammte die Tür zu. Sie wußte selbst nicht, woher sie noch die Geistesgegenwart genommen hatte, und sie wußte auch nicht, ob die Tür für Midnight Lady ein Problem sein würde.

Sie rannte. Ihre Schritte hallten von den kahlen Wänden wider und später auch die Rufe nach Kent.

Der stand an der Treppe. »Hast du ihn bekommen?«

»Nein!« Destiny stolperte die Stufen hoch. »Er … er hat sich verwandelt«, berichtete sie keuchend.

»Wie?«

»Das ist ein Monster.«

»Und du bist mit ihm fertiggeworden?« Skepsis schwang in Jerry Kents Stimme mit.

Destiny hielt sich am Geländer fest, schaute zurück und deutete in Richtung Tür. »Der ist noch drin, aber ich habe die Tür zugeknallt.«

»Aber die Tür ist kein Hindernis – oder?«

»Ich weiß es nicht.«

»Er wird kommen«, resümierte Jerry. Sein Gesicht nahm einen harten Zug an. »Aber wir werden kämpfen.«

»Womit?«

»Los, komm, wir müssen zu Brody!« Kent wartete erst keine Antwort ab. Auf der Stelle drehte er sich um und verschwand.

Destiny lief ihm nach. »Wenn das nur gutgeht …«

2. Kapitel

Vom Meer her trieb der Wind die dicken Wolken zusammen, spielte mit ihnen, ließ sie kreisen, jagte sie vor, holte sie wieder zusammen und schaffte sie schließlich dorthin, wo die große Stadt mit der so berühmten Brücke liegt, die Golden Gate heißt – das Goldene Tor.

Die Bewohner von San Francisco kannten die Anzeichen. Wenn im Westen das Wetter schlechter wurde und das Meer allmählich unter den ersten Sturmböen stahlgrau und mit dem Horizont eins wurde, wußten sie, daß es nicht mehr lange dauerte, bis sich das Unwetter über ihrer Stadt entlud, denn die Berge im Osten und jenseits der Bay hielten die Wolken fest.

Aus der Wüste stieg zumeist die heiße Luft hoch, die sich in den engen Tälern gebildet hatte. Wie ein Magnet wurde sie von den Winden angezogen und hineingesaugt in ihren Kreislauf, so daß oft genug gefährliche Wirbel entstanden, die mit einer ungeheuren Geschwindigkeit über die Stadt und die Bay rasten.

Sicherheitshalber wurde Sturmflutwarnung gegeben. Die Schiffe liefen die schützenden Buchten und Häfen an. An den Piers wurden die Frachten festgezurrt, die nicht schwer genug waren, dem Sturm zu trotzen. Immer öfter schauten die Menschen besorgt in den Himmel, wo sich über dem Meer im Westen die dunkelgraue Wolkenbank zusammenballte.

Lange, gelbliche Streifen durchdrangen das Wolkengrau als lange Bahnen und zeugten davon, welch gewaltige Kräfte sich innerhalb der Wolkenbank sammelten.

Die Luft hatte sich ebenfalls verändert, denn der Wind schlief plötzlich ein.

Der Schall wurde weitergetragen. Stimmen und Geräusche hatten einen anderen Klang bekommen, unnatürlich klar und weitreichend. Das waren gefährliche Anzeichen.

Noch lauerte das Unwetter.

Aber die Wolkenbank schob sich näher. Windstöße rasten schon über das Wasser, peitschten es zu haushohen Wellen auf, die wie gläserne Berge wirkten und gegen die Küstenstreifen geschleudert wurden.

Die Brecher rollten heran, jagten mit unvorstellbarer Wucht gegen die Piers und Anlagen, wurden dort aufgehalten und zu turmhohen Gischtstreifen, die sich wie weiße Arme in die Luft reckten.

Dann kam der Regen.

Es schüttete wie aus Eimern. Der Sturm fegte den Regen wie Schleier durch die Stadt.

Die Hölle hatte ihren Rachen geöffnet.

Der Sturm bestand aus unzähligen gierigen Händen. Er fuhr überall hin, packte alles, was nicht niet- und nagelfest war, und ließ erste Holzhäuser zusammenkrachen, deren Konstruktion nicht gerade zu den stabilsten gehörte.

Doch der Kelch ging vorbei. Über Frisco lud sich nicht die volle Kraft des Sturms aus. Die dicken Wolkenberge und Regenschleier wanderten jenseits der Bay auf die Berge zu, wo die heiße Luft in den Canyons stand und plötzlich durcheinander gewirbelt wurde, wobei sie mit der kühleren zusammentraf.

Energien bildeten sich, wurden frei, und erste Blitze spalteten die Düsternis.

Es war gewaltig. Wie grelle Speere jagten sie dem Boden zu, tauchten hinein in das Land, berührten den Boden und wurden von krachenden Donnerschlägen begleitet, als wollten diese das Ende der Welt einläuten. Über den Bergen tobten sich die Gewalten aus, peitschten Regenschleier gegen die Felsen, wurden Gebirgsbäche zu reißenden Strömen, die talwärts schossen und alles mitrissen, was sich ihnen in den Weg stellte.

Die Natur tobte sich aus.

Als würden unsichtbare Hände die Wolken führen, so wurden sie zusammengeführt und konzentrierten sich genau über einer Stelle der karstigen Bergrükken.

Es war das Ghost Valley!

Dort befand sich jetzt das Zentrum des Unwetters, und genau dort entluden sich die Gewalten.

Blitze, Donner, Regen. Helligkeit und Düsternis wechselten sich rasend schnell ab, erhellten die Landschaft hin und wieder mit ihrem geisterhaften Schein und ließen die Felsen in unnatürlich dunklen Farben schimmern. Sie leuchteten auch in die Canyons hinein, aus Staub wurde Schlamm, und die Felsmassen erzitterten unter dem Krachen der urwelthaften Donnerschläge.

Niemand lebte in diesem einsamen Tal. Und wer hier einmal gelebt hatte, war längst unter der Erde.

Doch nicht alles, was unter der Erde liegt, ist tot. Tief im Innern einer Schlucht und für menschliche Augen nicht sichtbar, wurde der Donner ebenfalls vernommen. Man verstand die Botschaft der Natur. Was unzählige Jahre geschlafen hatte, begann sich plötzlich zu regen. *Er* wurde wach.

Kein Felsen sollte ihn halten, keine Erde konnte ihn stoppen. Die Geister der Natur hatten ihn gerufen, und er wollte zurückkommen, um das an sich zu reißen, was ihm gehörte.

Er war tot und lebte trotzdem.

Es gab eine Zeit, da hatten sich die Menschen vor ihm gefürchtet und waren vor Angst fast vergangen. Davon hatte er in all den Jahren nur noch träumen können.

Dieser Traum war nun vorbei. Ein finsteres Versprechen war endlich eingelöst worden, und seine Rückkehr stand dicht bevor. Noch ahnte niemand, wer sich da auf den Weg machte, um die Macht über das Land wieder an sich zu reißen.

Und hätte es jemand gewußt, er hätte nur gelacht. Denn wer glaubte schon an ihn, den großen Chikaze, Medizinmann des Bösen …

3. Kapitel

Die Gasse war eng und wurde von den Rückseiten der Häuser begrenzt. Hier wohnte niemand mehr, das Gebiet sollte saniert werden. Wer sich jetzt noch herumtrieb, gehörte zu den Pennern, den Ausgeflippten und den Typen, die jede Nacht eine andere Bleibe suchten.

Strandgut der Zivilisation.

Um so mehr mußte der Wagen auffallen, der in der Gasse parkte und so hineinpaßte wie der Eskimo in den Urwald. Er sah aus wie ein umgebauter und bemalter Krankenwagen, war neu lackiert und mit zahlreichen Abzeichen bedeckt worden. Aufkleber mit zahlreichen Motiven. Vom Sponti-Spruch bis hin zum Gruß aus den Bergen oder vom grinsenden Gespenst.

Der umgebaute Mercedes gehörte den Geisterjägern, die jedes Kind in der Stadt mittlerweile kannte. Wenn Blinklichter auf seinem Dach zuckten und Sirenen heulten, wußten die Londoner, daß die Geisterjäger wieder zu einem Einsatz unterwegs waren. Die Typen, die vor nichts Angst hatten und ihre Laserkanonen stets auf der Ladefläche des Wagens mitführten.

So war es auch jetzt, als ihr Einsatzfahrzeug zwischen den engen Mauern parkte. Die Scheibe an der Fahrerseite war nach unten gekurbelt worden. Hinter dem Lenkrad und den Kopf schräg gegen die Stütze gelehnt, hockte Brody Parker.

Ein wenig übergewichtig und mit einem etwas pausbäckigen Jungengesicht versehen, dessen Züge sehr entspannt wirkten – Brody schlief.

Sein Mund stand offen. Die leisen Schnarchtöne wehten über die Lippen nach draußen. Die Luft zwischen den Mauern war stickig. Es roch nach Abfall. Das alles störte den guten Brody nicht. Er wollte nur seine Ruhe haben, und selbst im Schlaf lag auf seinem Mund ein selig wirkendes Lächeln.

Manchmal zuckten seine Lippen auch. Hin und wieder drang auch ein gefühlvolles Seufzen aus dem Wagen. Der Schläfer mußte herrliche Träume haben. Da befand er sich in einer anderen Welt. Vielleicht in der Südsee und umgeben von hübschen Mädchen, die ihn nach allen Regeln der Kunst verwöhnten.

Je mehr Zeit verging, um so tiefer wurde der Schlaf und schöner auch der Traum.

Das Lächeln auf den Lippen verstärkte sich, das

Seufzen wurde lauter, fehlte nur mehr, daß er feuchte Augen bekommen hätte. Er hörte und sah nichts.

Deshalb bekam er auch nicht mit, wie etwa dreißig Yard von ihm entfernt vehement eine Haustür aufflog und zwei Personen ins Freie stürzten. Es waren Jerry Kent und Destiny.

Sie hatten es geschafft und waren froh, den muffigen Keller verlassen zu können – und die bedrohliche Nähe der Midnight Lady, die keine war.

»Oh, das war knapp«, sagte Destiny.

»Aber du hast es geschafft. Kompliment übrigens. Vielleicht wäre es nicht schlecht, dich als Partnerin zu haben.«

»Klar.«

»Komm!« Kent deutete auf den Wagen. »Da hockt Brody. Wir werden ihn auf Trab bringen.«

Aber Brody Parker war nicht auf Trab zu bringen. Er schlief weiter und wurde auch nicht wach, als die Echos der schnellen Schritte durch die Gasse hallten.

Kent erreichte das Fahrzeug als erster. Er stoppte seinen Lauf so hastig, daß er fast ausgerutscht wäre und sich abstützen mußte. Er wollte den Namen seines Freundes rufen, als ihm das Wort auf den Lippen einfror. »Nein!« ächzte er, »das darf nicht wahr sein! Schau dir den an, Destiny. Schau dir unseren Bubi an ...«

»Was ist denn?«

»Er schläft.«

»Was?«

»Ja, der gute Brody pennt. Das ist der perfekte Wahnsinn. Da schlagen wir uns mit Geistern herum, setzen unser Leben aufs Spiel, und dieser Affenkopf schläft einfach ein.« Kent regte sich furchtbar auf, drehte sich auf der Stelle und schlug seine Hand gegen die Stirn. »Das halte ich nicht aus! Verdammt, ich werde wahnsinnig. Ich drehe noch durch.« Bevor ihn Destiny daran hindern konnte, hatte er beide Hände erhoben und ließ sie kraftvoll auf das Autodach krachen, so daß sich der dröhnende Klang durch die Gasse fortpflanzte und Brody aus seinem Schlummer gerissen wurde.

Er fuhr hoch.

Der Schrei war bühnenreif und gleichzeitig echt, denn Brody Parker war zu heftig in die Höhe gezuckt und hatte seinen Kopf gegen das Innere des Wagendachs gerammt.

»Du Penner!« rief Jerry.

Brody sank wieder nach unten. Er befühlte mit der rechten Hand die Stelle auf dem Kopf, schaute dumm und auch verschlafen aus der Wäsche und murmelte plötzlich, wobei sich sein Blick verklärte: »Lyana, komm, mach's noch mal, es war so schön …«

Kent trat zurück, als hätte er einen Irren vor sich. Er streckte die Arme abwehrend aus und flüsterte: »Destiny, unser Freund ist verrückt geworden. Es hat ihn erwischt!«

»Hat er das öfter?« fragte Destiny besorgt.

Brody Parker rieb noch immer seine Beule. »Ihr seid es«, sagte er, den Kopf aus dem Fenster gestreckt. »Ausgerechnet ihr.«

»An wen hast du denn gedacht?« fragte Destiny.

»An euch nicht.«

»Aber an Lyana«, meldete sich Kent aus dem Hintergrund.

»Ja, in der Tat. Sie war irre. Schwarzhaarig und eine Figur … Kinder, ich kann sie kaum beschreiben. Und sie war nackt. Ich auch. Gerade wollte sie mir …«

»Brody, reiß dich zusammen«, unterbrach Kent ihn

rasch. »Erstens haben wir eine Dame bei uns, und zweitens sollst du dich wirklich schämen, einfach zu pennen, während Destiny und ich brandgefährliche Begegnungen mit Monstern und Geistern zu bestehen haben.«

»Wieso?« fragte Brody, immer noch verschlafen.

»Wir haben meinen Geist entdeckt«, sagte Destiny stolz.

Brody grinste. »Bei Gelegenheit möchte ich deinen Geist auch mal kennenlernen.«

Fauchend gab Destiny zurück: »Du hast mal wieder keine Ahnung! Der Geist haust unten im Keller.«

Parker rollte mit den Augen. Im nächsten Augenblick reagierte er und stieß die Tür so heftig auf, daß Destiny von ihr herumgedreht und gegen den Kotflügel geschleudert wurde. Brody sprang aus dem Wagen. »Wo ist er? Wo? Sagt es mir. Ich will ihn killen.«

»Steig erst mal aus!« forderte Kent.

Brody schwang sich nach draußen. »Ich bin bereit! Laßt ihn kommen, ich werde ihn empfangen ...«

Destiny hatte sich vom Türstoß erholt und drehte sich um. Sie sah, daß die Haustür, durch die sie gekommen waren, noch einmal aufgestoßen wurde.

Der Geist kam!

»Da!« schrie sie. »Da ist er!«

Brody Parker war zu allem entschlossen. »An die Kanonen, Freunde. Wir zerspritzen ihn!«

»Nein! Nur kein Wasser!« schrie Jerry und rannte zur Heckklappe des Wagens, die er durch eine Drehung des Griffs öffnete und nach unten fallen ließ.

»An die Kanonen!«

Der Reihe nach schleuderte Jerry die Kampfgeräte aus dem Wagen. Obwohl Destiny die Waffen noch nie gesehen hatte, wußte sie sofort, wie sie zu handhaben waren. Sie schleuderte einen Metall-Tornister über ihren Rücken. Verbunden war er mit einem Schlauch, der Ähnlichkeit mit dem eines Staubsaugers besaß und während des Einsatzes von zwei Händen gehalten werden mußte.

Auch Brody und Jerry schnallten sich ihre Energieladegeräte über die Schulter.

»Fertig!« meldete Jerry schließlich.

Die anderen beiden nickten. Destiny hatte ihren Stab verschwinden lassen. Nur mehr die Glühbirne schaute dort aus ihrem Gürtel, wo sich die Schnalle befand.

Sie war wieder farbig geworden und leuchtete in einem zarten Grün, das intensiver wurde, je näher der Geist kam.

Er hatte keine Angst.

Etwas steif wirkte er, und in der Düsternis der Gasse malte er sich auch nicht so exakt ab.

Jerry hatte die Idee mit den Scheinwerfern. »Ich mache Licht«, sagte er, tauchte in den Wagen und ließ die Scheinwerfer aufflammen, deren helle, breite Lichtbahnen die Gasse erhellten und wie zwei Lanzen ihr Ziel fanden – den Geist.

»Ohhh!« staunte Brody. »So sieht er aus.« Er schüttelte den Kopf und schaute auf das schwarze, verbrannt wirkende Etwas mit der einzelnen Feder auf dem Schädel.

Auch die Geisterjäger blieben nicht stehen. Die Breite der Gasse ließ es zu, daß sie nebeneinander hergehen konnten, und so stoppten sie auch vor ihrem Wagen. Sie drückten sich von den Scheinwerfern weg, damit sie kein Licht nahmen.

»Schußbereit?« fragte Jerry.

»Ladung okay!« meldete Destiny. Sie kam wunderbar mit dem Gerät zurecht.

»Und du, Brody?«

»Ebenfalls!«

»Dann kann er ja kommen!« Kent lachte leise. »Ist gut, daß wir zu dritt sind, dann sieht der Geist auch, was für schöne Frauen wir hier haben.«

»Das kann auch ein Nachteil sein«, gab Brody zu bedenken. »Vielleicht will er deshalb gar nicht mehr weg.«

»An mich lasse ich den Kerl nicht ran!« fauchte Destiny.

Wie ihre beiden Partner stand sie geduckt da und schaute auf den näherkommenden Geist, der ein indianisches Aussehen besaß. »Der muß uralt sein. Das ist schon Historie ...«

Der Geist bewegte sich mit der Grazie eines wandelnden Skeletts. Um den verbrannt wirkenden Körper trieben jetzt kleine Rauchschleier, die sich sehr schnell innerhalb der Gasse verflüchtigten. Das Gesicht war kaum zu erkennen. Nur die Augen glichen hellen Kreisen, und die Feder auf seinem Schädel wippte bei jedem Schritt mit.

Jerry Kent gab das Kommando. »Unnnnd ... jetzt!« schrie er.

Gleichzeitig drückten die drei Geisterjäger auf die Auslöser ihrer Strahlenwaffen. Die im Metall-Tornister gespeicherten Energien wurden freigesetzt, fanden ihren Weg, und die laserstarken Lichtlanzen schossen in gekrümmten, grünlich schimmernden Bahnen aus den drei Rohren von verschiedenen Seiten auf das Ziel zu.

Sie erwischten den Geist voll.

Das unheimliche Wesen wurde von den drei starken Lichtstrahlen erfaßt und hob vom Boden ab, als hätten ihn keine Energien, sondern Hände umklammert.

Plötzlich schwebte der Geist über dem Boden. Seine schwarz verbrannten Arme und Beine pendelten, als hätte jemand an ihnen gezogen. Er klatschte gegen die Hauswand und stieß urige Schreie aus, wobei der Rest seines Körpers durch das starke Licht ebenfalls verbrannt wurde und ein weißgrünlich schimmerndes Skelett hervorholte.

»Nicht nachlassen, nicht nachlassen!« schrie Jerry und bewegte seine Zielkanone leicht nach oben.

Der Geist hob noch weiter ab, bis zu dem Augenblick, in dem die Energie zu stark wurde. Da zischte er auf wie ein Feuerwerkskörper. Das Skelett brannte lichterloh und in einem weißlichen Feuer, bevor die Reste als Asche zu Boden rieselten.

»Laser weg!« schrie Kent.

Die drei schalteten ihre Geräte aus. Sekundenlang war es still geworden innerhalb der Gasse, und nur die schweren Atemzüge der Geisterjäger durchbrachen die Ruhe.

Wie auf Kommando wandten sie die Köpfe und schauten sich gegenseitig an. »Wir haben es geschafft«, flüsterte Destiny. »Verdammt, Freunde, wir haben es geschafft!«

»Jaaa ...!« Brody sprang in die Höhe. »Wir sind die Größten geblieben. Uns kann keiner.«

»Wenigstens kein Geist!« rief Jerry Kent. Er schlug Destiny und Brody gleichzeitig auf die Schultern. »Kommt mit, wir sehen ihn uns an!«

Sie liefen hin. Im Schein der Lichter wirkten ihre Gestalten scharf konturiert. Neben dem, was von dem Geist, der auf den Namen Midnight Lady hörte, übrig geblieben war, gingen sie in die Knie und schauten sich die Sache an.

»Da ist nichts mehr«, erklärte Kent.

»Nur noch Staub.« Brody Parker zeichnete mit dem

rechten Zeigefinger ein G in die Asche. »Unser Siegeszeichen, Freunde.« Er begann zu tanzen und stemmte beide Arme in die Luft.

Seine Freude steckte die anderen an. Sie stimmten einen regelrechten Siegesgesang an, der natürlich gehört wurde, denn am Ende der Gasse erschienen neugierige Gesichter von Pennern, die sehen wollten, was zwischen den Häusern vorging, sich aber nicht weitertrauten und stehenblieben.

Auch der kurze Rausch verflog. Destiny war es, die zurücktrat, sich gegen die Hauswand lehnte und die Schultern hob, wobei sie ihr Gesicht in die Länge zog. Auf den Wangen war die Schminke verlaufen und hatte sich mit dem Puder vermischt.

Auch Brody hielt inne. »He, was hast du? Woran denkst du, Desty?«

»Ich bin sauer.«

Parker lachte. »Weshalb? Weil wir den komischen Indianer besiegt haben?«

»Auch das.«

»Los, rede.«

»Ja, mach schon«, sagte auch Jerry. Er hatte die Frau voll akzeptiert.

Sie wischte über ihre Stirn. »Wißt ihr eigentlich, daß dies der letzte gewesen ist?«

»Wieso?« fragte Brody.

»Der letzte Geist in London ...« Zögernd fügte sie ein »Glaube ich wenigstens« hinzu.

Brody war sprachlos, bevor er nach einer Weile die Schultern hob und sagte: »Dann wären wir arbeitslos. Oder siehst du das anders?« wandte er sich an seinen Freund Kent.

»Im Moment nicht.«

»Ich könnte wieder in meinen alten Job zurück«, sagte Destiny nachdenklich.

»Was war das denn?« fragten Brody und Kent wie aus einem Munde.

»Privatdetektivin.«

Die beiden Männer schauten sich an. »Nicht schlecht«, murmelte Jerry Kent. »Wenn es wirklich mit den Geistern bergab geht, kannst du ja wieder schnüffeln.«

»Ich hab nicht geschnüffelt, ich hab seriös ermittelt«, stellte Destiny fest. »Was wart ihr eigentlich, bevor ihr London von den Geistern befreit habt?«

Jerry Kent und Brody Parker schauten sich wieder an, unschlüssig, ob sie es sagen sollten. Schließlich faßte sich Jerry ein Herz.

»Du darfst aber nicht lachen«, begann er mit ernster Stimme.

»Nein, ehrlich.«

Brody sagte, um es hinter sich zu bringen: »Wir haben früher im Team Gruselromane geschrieben.«

Trotz ihres Versprechens mußte Destiny losprusten.

»Gruselromane?« wiederholte sie. »So richtig mit Geistern und so?«

»Ja, klar! Hast du noch nie was von Stephen Queen gelesen?« fragte Jerry. »Hinter diesem Pseudonym stecken Brody und ich.«

»Himmel! Der war früher mein Lieblingsschriftsteller! Mann, das ist ja ein Ding! Und warum habt ihr nicht weiter geschrieben?«

»Brody gingen die Ideen aus«, sagte Kent.

»Unsinn!« wehrte sich Brody. »Du hast angefangen, überall Gespenster zu sehen – bis wir sie gejagt haben.«

»Na gut, wenn du das so siehst ... aber ich habe wirklich Pech mit dir als Partner. Zuerst gehen dir die Ideen aus und jetzt auch noch die Geister!«

»Wir müssen ins Ghost Valley«, sagte Destiny plötzlich.

»Wieso?«

»Denk doch mal daran, was wir in dem alten Keller erfahren haben. Dieser komische Geist muß noch einen Bruder gehabt haben. Wie hat er ihn noch genannt? Chimaza oder Kikraze ...«

»Chikaze!«

»Genau, du hast es behalten, Jerry.«

»Ich verstehe nichts«, beschwerte sich Brody.

»Wie immer«, sagte Jerry Kent. »Ist außerdem auch nicht nötig. Wir werden es dir noch erklären.«

»Was denn?«

Kent hob den Arm. »Ruhe, du Penner. Wärst du mitgegangen, hättest du jetzt unser Gespräch befruchten können. Jedenfalls war oder ist dieser Typ nicht allein gewesen. Der hat noch einen Bruder gehabt, und der lebt nicht hier.«

»Wo?«

»In Ghost Valley.«

»Kenne ich nicht«, sagte Parker.

»Wir auch nicht. Aber das ist kein Hindernis. Wir könnten es kennenlernen.«

»Wozu?«

»Um den Bruder auch zu vernichten«, mischte sich Desty ein.

»Laß ihn doch liegen.«

»Falls er noch liegt.«

»Wieso denn, Desty? Wir haben mit ihm nichts zu tun gehabt.«

Destiny schlug mit der flachen Hand gegen die Hauswand. »Aber er muß erwacht sein.«

»Wieso denn?«

»Weil wir den anderen aufgespürt haben«, sagte Destiny. »Davon hat doch unser Geist immerzu erzählt. Der andere im Ghost Valley sei sein Zwilling und viel größer als er.«

»Jetzt begreife ich.« Brody Parker schabte über sein Kinn. »Und wo kann Ghost Valley liegen?«

»In den USA«, erklärte Jerry Kent.

Brody ließ seine Faust vor dem Gesicht kreisen. »Weißt du eigentlich, wie groß die USA sind?«

»Nicht genau. Aber ich weiß noch was: Das liegt bestimmt im Wilden Westen.«

»Und weißt du, wie groß der Wilde Westen ist?«

»Nein. Er ist aber wild.«

»Und wie. Und prall gefüllt mit Gespenstern und Geistern. Wir können nur von einem Ort zum anderen rasen. Einmal sind wir in Texas, dann in Arizona oder in Kalifornien und das alles mit unserer alten Karre hier.«

»Da müßten wir schon ein Flugzeug haben«, meinte Jerry.

»Du kennst dich aus.«

»Ich denke schon an den Wilden Westen!« Jerry sprang zurück und baute sich auf wie ein Revolverheld. Er zog seine nicht vorhandene Waffe.

»Jaaa«, rief er, »wie John Wayne in besten Tagen. Ach, was sage ich. Ich, Jerry Kent, bin sogar besser. Ich werde der Schrecken von Arizona sein, darauf könnt ihr euch verlassen.« Er klatschte in die Hände. »Wir müssen nur genügend Werbung machen, und darauf verstehen wir uns schließlich, oder nicht?«

»London, good bye«, meinte Brody.

»So ist es richtig. Nur keinen falschen Abschiedsschmerz, mein Lieber. Ich bin auch dafür. Geisterjäger im Wilden Westen. Man wartet auf uns.«

Seine Begeisterung steckte Brody an. Die beiden sangen schon den Yankee Doodle. Nur Destiny blieb gelassen. Sie tauchte in den Wagen und wühlte in den Ablagefächern zwischen den Sitzen herum, bis sie gefunden hatte, was sie wollte.

Es war ein sehr dicker Straßenatlas, den sie auf die Kühlerhaube legte und aufklappte.

»Was suchst du denn?« fragte Jerry und Brody.

»Ich suche etwas?«

»Den Wilden Westen?« fragte Kent.

»Nein. Ghost Valley.« Destiny suchte im Index unter dem Buchstaben G nach. Ihre Finger fuhren von oben nach unten über die Seite, und plötzlich nickte sie heftig. »Ja, ich habe es.«

»Ghost Valley?«

»Klar.«

Die beiden kamen näher. Sie beugten sich über die Schultern der Frau hinweg und versuchten ebenfalls, das Ghost Valley auf der Karte zu finden.

»Da ist es!«

»Kalifornien!« staunte Brody.

»Und sogar nicht weit von Frisco weg!« flüsterte Jerry.

»Ich wußte es doch.« Destiny nickte sich selbst beifällig zu und klappte den Straßenatlas zusammen. »Was ist, ihr Geisterjäger? Weshalb steht ihr noch hier herum? Los, in London hält uns nichts mehr. In den Wagen, wir düsen ab!«

Brody sprang hoch. »Wir hauen ab. London good bye. Der Wilde Westen wartet.« Er zog jetzt auch einen eingebildeten Revolver und imitierte eine Schußfolge.

Jerry und Desty hockten schon im Wagen. Jerry wollte fahren. Er legte den Rückwärtsgang ein, gab Gas, und so brausten sie aus der engen Gasse, hinein in die breitere Straße, wo die Neugierigen erschreckt zur Seite sprangen, weil sie den Eindruck hatten, es mit Verrückten zu tun zu haben.

Brody schaute aus dem offenen Fenster. Der Wind fuhr in sein Gesicht und wehte die Haare hoch.

»Wir kommen, ihr Geister des Westens. Zieht euch warm an, die Geisterjäger sind auf Achse. Yipppiiii ...«

4. Kapitel

Der Himmel schien in ein wahres Meer von Flammen getaucht zu sein, als die Sonne allmählich hinter den schroffen Berggraten in die Höhe kroch, ihre Strahlen regelrecht explodieren ließ und am wolkenlosen Firmament ein Feuerwerk abbrannnte, dessen Widerschein selbst in die tief liegenden Täler drang, sie allmählich wieder aufwärmte und die Kälte der langen Nacht vertrieb.

Ein Tag begann.

Einer wie tausend andere auch, und doch sollte er ganz anders werden. Das sollten besonders jene Menschen zu spüren bekommen, die seit zwei Wochen, kurz nach dem großen Unwetter, eines der stillsten Täler bevölkerten und eine verlassene Geisterstadt in den kalifornischen Bergen wieder zu neuem, wenn auch vorübergehendem Leben erweckten.

Groß prangte das Zeichen.

Es bestand aus zwei Buchstaben und stand auf einem hohen Gerüst am Eingang des weiten Tales.

MP!

Das war nur eine Abkürzung. Jedermann in den Staaten kannte diese beiden Buchstaben, die für eine der mächtigsten Produktionsfirmen Hollywoods standen.

Magnum Productions!

Ein Riese, ein Gigant der Filmwirtschaft, in den letzten Jahren erst richtig hochgekommen, als man mit Action-Streifen die Dollarmillionen scheffeln konnte.

MP stand für Reichtum, Big Busineß und für eine ausgekochte Cleverneß.

Der Boß war Daniel F. Teabone, der Graue im Hintergrund, der die Fäden so straff in seinen Händen hielt wie der legendäre Mr. Myer von MGM.

Zwei große Projekte wollte Magnum Productions in diesem Jahr durchziehen. Eines war bereits abgedreht. Ein Film über zwei Kinder, die eine Begegnung mit Außerirdischen hatten, jetzt begab man sich an den neuen Streifen und setzte wieder auf den Western.

Jahrelang war er totgesagt worden, nun sollte er wiederkehren, wie Daniel F. Teabone behauptet hatte, und er mußte es wissen, denn er hatte für Millionengeschäfte einen Riecher.

Natürlich wollte er sie nicht so drehen wie vor zwanzig oder mehr Jahren, nein, die heutigen Western mußten anders aussehen, um die Menschen von den Fernsehsesseln in die Kinos zu locken.

Der Western allein reichte nicht. Er wurde aufgefüllt mit ein wenig Sex und Gruseltouch.

Das war die neue Masche!

Daniel F. Teabone hatte voll auf Erfolg gesetzt und auch keine Kosten gespart, was die Liste der Starbesetzung anging. Er hatte aus Hollywood die Stars geholt, die die Kinokassen zum Klingeln brachten.

Dale Shannon spielte den Helden. Er war eine Mischung aus Burt Reynolds und Clint Eastwood.

Ein harter Typ, wenigstens nach außen hin und auf den Parties und Presseempfängen. Wer ihn näher kannte, ging ihm lieber aus dem Weg, da gab er sich blasiert und eingebildet, wo doch jeder wußte, daß er auf Männer stand.

Weiblicher Star war Maxie del Ray, der Seximport aus Mexiko. Ein dunkelhaariges Weib, in dessen Adern kein Blut zu fließen schien, sondern heißes Feuer. Sie sprühte vor Energie und Tatendrang. Wenn sie auftrat, knisterte es vor Erotik. Sie war einer der wenigen Stars, die es schafften, diese Erotik von der Leinwand weg in die Kinosäle zu bekommen.

Maxie del Ray und Dale Shannon.

Kein Traumpaar wie früher Cary Grant und Audrey Hepburn oder Doris Day und Rock Hudson, aber doch Garantie dafür, daß das große Publikum aufmerksam wurde. Das wollte Teabone.

Und noch ein Erfolgsgarant war von ihm engagiert worden. Einer der besten Hollywoods, vielleicht sogar der beste.

Speedy Robson, König der Stuntmen.

Wenn er und seine Crew auftraten, hielten Millionen Menschen in aller Welt den Atem an, denn der wahre Held des Streifens war er und nicht Dale Shannon, der das genau wußte und deshalb zu Speedy ein gespanntes Verhältnis hatte.

Noch herrschte Ruhe in der Filmstadt. Die alten Fassaden der Gespensterstadt im Ghost Valley waren etwas aufgearbeitet und auch abgestützt worden, da der Zahn der Zeit schon zu sehr an ihnen genagt hatte.

Es konnte kaum einen größeren Kontrast geben als zwischen der verlassenen Stadt und den Wagen des Filmteams.

Sie waren in die Wüste gekommen, ohne den gewohnten Komfort von Hollywood missen zu wollen. In den größten und modernsten Wohnmobilen verbrachten sie die freie Zeit. Es gab Klimazelte und Küchenwagen, Wasseranschluß und Strom von zwei Generatoren.

Die Filmleute hatten ihre kleine, fahrbare Stadt im Nordende des Tals aufgebaut, weil die Strahlen der Sonne nicht so intensiv in diese Richtung schienen und erst gegen Abend kamen.

Trotz des großen Komforts war es zu Reibereien zwischen den Filmtypen gekommen. Dale Shannon hatte bereits durchgedreht und nach unmöglichen Dingen verlangt, während seine Partnerin Maxie del Ray kurz vor einem Nervenzusammenbruch gestanden hatte, weil sie sich unbedingt mit neuer Kleidung aus den Nobel-Boutiquen hatte eindecken wollen. Der Film hatte schon auf der Kippe gestanden, als Daniel F. Teabone eingriff. Er war gekommen wie ein König und hatte die aufsässigen Stars zusammen mit seinem Regisseur Monty Herbert zurechtgestutzt. Dabei hatte er nur ein Wort zu sagen brauchen, um Frieden zu stiften.

Dollars!

Teabone hatte mit Konventionalstrafen gedroht und mit einer Zusatz-Gage gewinkt. Beides hatte gewirkt. Die Stars waren wieder leidlich normal geworden.

Das Gelände war deshalb so gut für den Film geeignet, weil es innerhalb der Berge noch zahlreiche Gänge und Stollen gab, die aus einer Zeit stammten, als die harten Männer nach Gold gesucht hatten. Man hatte die wichtigsten Stollen und Gänge neu abgestützt und so die Gefahrenquellen vermindert.

Dennoch weigerten sich einige Schauspieler hartnäckig, überhaupt einen der Stollen zu betreten, denn mehrere Zeugen hatten bereits aus dem Berg ein dumpfes Grollen vernommen, dessen Schallwellen das Gestein fortgepflanzt und bis an ihre Ohren gebracht hatte.

Einige einheimische Handwerker und Bauleute sprachen von einem geheimnisvollen Berggeist, der angeblich im Felsen wohnen sollte und von den damaligen Ureinwohnern als großer Medizinmann namens Chikaze verehrt worden war.

Davon wollte der Regisseur natürlich nichts wissen. Für ihn gab es keine Geister. Höchstens die im Alkohol.

Die wichtigsten Szenen lagen noch vor der Crew. Besonders die harte Action, und da waren Speedy Robson und seine Leute besonders gefordert. Revolverduelle, Schießereien, eine wilde Postkutschenfahrt, das alles mußte noch gebracht werden. Und ein Kampf im Berg, wo es dann zu einem schaurigen Finale kommen sollte, weil alte Geister auferstanden waren und eine Hölle entfachen wollten.

So jedenfalls stand es im Drehbuch.

Am Abend zuvor hatte sich Speedy früh hingelegt. Er besaß eines der kleineren Wohnmobile, doch es verfügte über all den Komfort der großen Häuser auf Rädern: Dusche, Kühlschrank, TV, Stereo-Anlage, Klimaanlage. Die Männer seiner Crew wohnten zusammen in einem anderen Wagen von entsprechender Größe, denn er mußte sechs Leute aufnehmen.

Gegen sechs Uhr stand Speedy Robson auf. Wie er sich aus dem Bett schwang, ließ darauf schließen, daß er topfit war und ihm der lange Schlaf gutgetan hatte.

Trotzdem blieb er auf der Bettkante sitzen, fuhr mit zehn Fingern durch sein dunkelbraunes Haar und gähnte noch zweimal, bevor er seinen geschmeidigen Körper streckte.

Speedy Robson war überdurchschnittlich groß, fiel sogar in Hollywood auf und hätte sicherlich Filmstar werden können, wenn er nicht der Typ gewesen wäre, der die Gefahr und den Nervenkitzel wie das tägliche Brot gebraucht hätte. Er liebte es, sich jeden Tag in ein neues Abenteuer zu stürzen und dabei jedesmal neue Herausforderungen anzunehmen.

Nur so machte ihm das Leben Spaß.

Er schlief stets nackt. Auf seinem sonnenbraunen Körper zeichneten sich die Narben ab, die sein Beruf mit sich gebracht hatte. Dazu kamen Prellungen, Verstauchungen, Verbrennungen. Als schlimm empfand er die Brüche, aber man hatte ihn immer wieder zusammengeflickt, und wenn er arbeitete, dachte er daran nicht mehr.

Auf dem Weg in die kleine Dusche dehnte und streckte er sich. Er schob die Tür auf, mußte sich dukken, stand in der schmalen Kabine und ließ dann das Wasser über seinen Körper prasseln, bevor er sich einseifte. Von draußen her drangen erste ungehaltene Rufe an seine Ohren. Maxie del Ray war sauer. Sie brauchte an diesem Tage wahrscheinlich nicht zu drehen und hatte deshalb lange schlafen wollen. Jetzt war sie geweckt worden.

»Geht das nicht leiser, verdammt?«

»Nein, Maxie. Du kannst dir ja Watte in deine Ohren stopfen.« Das war die Stimme des Regisseurs.

»Ach, leck mich!« schrie sie zurück und hämmerte die Tür ihres Wohnmobils zu.

Speedy mußte grinsen. Es würden noch ein paar lustige Wochen werden in diesem Ghost Valley. Die Stars ließen keine Möglichkeit aus, sich gegenseitig die Hölle heiß zu machen.

Er genoß die prasselnden Wasserstrahlen noch eine Minute, dann drehte er den Knopf, griff nach dem Handtuch und rubbelte sich trocken. Dabei dachte er an sein Frühstück. Auch das gehörte an den Beginn eines guten Tags. Eier, Schinken, Saft und Kaffee.

Er hatte die Angewohnheit, immer allein zu frühstücken. Wenn er mal eine Biene aufgegabelt hatte, schickte er sie gern vor dem Frühstück nach Hause, denn bei diesem Ritual wollte er sich von keinem stören lassen.

Die Jalousien an den Fenstern hatte er noch nicht hochgezogen, deshalb herrschte im Innern des Wohnmobils ein schwaches Halbdunkel. Bevor er sich rasierte, schaltete er die Kaffeemaschine ein. Er kannte das Timing. Wenn er mit der Rasur fertig war, befand sich auch der Kaffee trinkbereit in der Tasse.

Aus den Boxen der Anlage dröhnte die erste Musik. Country Songs von Johnny Cash. Sie brachten jeden Morgen diese Muntermacher für die Männer aus dem Westen.

Speedy pfiff die Melodien mit. Er kannte sie alle, denn er liebte diese Musik. Auf manchem Festival war er schon als Gast gewesen und hatte auch selbst mitgesungen. Sein großer Schwarm auf diesem Gebiet war John Denver. Wenn er seine »Lucille« sang, ging Speedy das Herz auf.

Er stieg in seine Jeans, streifte sich ein Hemd über und zog sich Turnschuhe an. Er würde sie später mit den hochhackigen Western-Stiefeln vertauschen.

Er schlug die Eier in die Pfanne, legte Speck dazu, mengte alles durch und kippte Saft in ein Glas, bevor er die Flasche wieder in den Kühlschrank stellte, der schon beträchtliche Lücken aufwies.

In zwei Tage kam Nachschub, da würde er wieder

kaufen. Speedy lud alles auf ein Tablett und stellte es auf den Tisch. Er wollte sich gerade setzen, als es schellte. Er hatte sich die Klingel extra einbauen lassen, da er nicht wollte, daß Fäuste gegen die Tür hämmerten.

Seine Laune sank. Vor dem Frühstück wollte Robson nicht gern gestört werden.

Er öffnete trotzdem.

Von unten her starrte ihn das Milchgesicht eines der beiden Regie-Assistenten an.

»Hi, Speedy. Monty hat mich geschickt. Ich soll dir sagen, daß wir eine halbe Stunde früher beginnen. Wegen der Tests und so. Außerdem will der große Boß heute noch erscheinen. Aber nur wir wissen davon. Das sollst du auch keinem weitersagen.«

»Schon gut.«

»Kommst du denn?« Selbst die Mütze mit dem vorgeknickten Schirm konnte die rote Haarflut des Mannes nicht bändigen.

»Wenn ich fertig bin.«

»Okay, ich werde es Monty bestellen. Er hat übrigens schlechte Laune. Nur damit du Bescheid weißt.«

»Was geht mich das an?«

Der Rothaarige lachte und verschwand. Speedy schloß die Tür, drehte sich um und war leicht angesäuert. Der Tag würde hart genug werden, und jetzt sollte er noch früher anfangen. Gedankenversunken ging er zurück zu seinem Tisch. Dann blieb er wie angenagelt stehen.

Am Tisch saß jemand.

Es war ein Geist!

Speedy Robson ging keinen Schritt mehr weiter. Er blieb stehen, schüttelte den Kopf und schaute auf die grünliche Gestalt, die an seinem Frühstückstisch hockte und so durchscheinend war, daß er den dahinterstehenden Einbauschrank mit der Spüle und der Kaffeemaschine daneben sehen konnte.

Der Geist lachte. Es klang mehr wie ein Zischen, als würde Gas durch ein undichtes Ventil strömen. Dann streckte er einen Arm aus, und wie von unsichtbaren Händen geführt, erhob sich eine Gabel vom Tisch, tauchte in das Schinken-Ei-Gemisch, nahm etwas davon auf und führte die Gabel zum Mund des Besuchers.

Dort verschwand der erste Bissen gluckernd.

»Schmeckt gut!« zischelte der Geist.

Speedy, ein wirklich harter Brocken, wischte über seine Augen. Er glaubte an einen Trick aus der Hollywood-Küche, zwinkerte ein paarmal, und als er wieder zum Tisch schaute, nahm der Geist einen Schluck Saft. Speise und Trank rutschten durch seinen durchsichtigen Hals, waren aber trotzdem nicht zu sehen.

»Hat erfrischt ...«

Speedy Robson räusperte sich. Allmählich wurde er wütend. Er wollte nicht, daß ihm dieser Typ da das Frühstück verdarb. So schwer es ihm auch fiel, er beherrschte sich, ging vor und mußte mit ansehen, wie sein komischer Besucher den Arm ausstreckte und ihm an seinem eigenen Tisch einen Platz anbot.

Robson setzte sich. Sein durchsichtiges Gegenüber lehnte sich auf dem Stuhl zurück und verschränkte seine Arme vor der Brust.

»Und jetzt?« fragte Robson. Er war durch und durch abgeklärt, außerdem wohnte er in der Nähe von Hollywood. Da erlebte man die irresten Typen und die verrücktesten Knaben. Er war weiterhin davon überzeugt, daß ihm jemand, durch welchen Trick auch immer, einen Streich spielen wollte.

»Wer bist du?« fragte der Fremde, und es hörte sich wieder an wie ein Zischeln.

Robson hob die Schultern. »Du kennst mich nicht? Das ist komisch. Ich bin Speedy. Speedy Robson.«

»Wie schön.«

»Und wer bist du?«

Der andere ließ sich Zeit mit seiner Antwort, so daß Robson Muße bekam, den ungebetenen Gast näher anzuschauen.

Das Gespenst war ein Mann, der sich gekleidet hatte wie jemand aus dem Wilden Westen, wie es vor ungefähr hundert Jahren üblich gewesen war. Verrückt war, daß Speedy auch durch die Kleidung hindurchschauen konnte. Da mußten exzellente Trick-Spezialisten am Werk gewesen sein.

Das Gesicht der Gestalt war ein rauhes, schon etwas älteres Männergesicht mit einem Schnauzbart auf der Oberlippe, dessen Enden ein wenig traurig nach rechts und links zur Seite hingen. Die Augenbrauen wuchsen fast zusammen, so daß sein Gesicht einen verkniffenen Ausdruck bekam.

Irgendwie wurde Speedy das Gefühl nicht los, den Mann schon einmal gesehen zu haben. Er wußte nur nicht, wo. Unter der Filmcrew hatte er sich nicht aufgehalten. Vielleicht auf einem Bild oder einer Fotografie. So sehr er auch überlegte, es fiel ihm nicht ein.

Mittlerweile kühlte sein Frühstück ab. Er haßte kaltes Ei mit Schinken. Deshalb wollte er diesem ungebetenen Besuch so rasch wie möglich ein schnelles Ende bereiten, nur den Namen mußte er noch erfahren.

»Wie heißt du?«

»Ich bin Wyatt Earp!«

Mit allem hätte der Stuntman gerechnet, nur nicht mit einer solchen Antwort. Er fühlte sich auf den

Arm genommen. »Wenn du Wyatt Earp bist, kannst du mich Lassiter nennen.«

»Aber ich bin wirklich Wyatt Earp.«

»Ich dachte, Earp wäre tot. Der Sheriff fand vor hundert Jahren ein ziemlich unrühmliches Ende.«

Der Mann nickte.

»Das ja, aber ich bin sein Geist. Man hat mich gerufen und geholt. Jetzt bin ich bekommen.«

»In meinen Wagen.«

»Klar«, zischte der Geist.

»Und wer hat dich gerufen?«

»Chikaze.«

Speedy hob die Hand und rieb sein Ohrläppchen. Er hatte dort eine Narbe. Sie juckte wieder, ein Zeichen dafür, daß in ihm allmählich der Ärger hochstieg.

»Verschwinde.«

Speedy ließ seinen Arm sinken. Das hatte ihm noch keiner ins Gesicht gesagt, bis auf diesen komischen Geist, der vorgab, Wyatt Earp zu sein. »Was soll ich, Bruder?«

»Verschwinden.«

»Aha. Und wenn nicht?«

»Wirst du es bereuen. Und die anderen auch.«

Robson hatte beschlossen, sich seinem Besucher anzupassen. »Wir werden es also bereuen«, stellte er noch einmal fest. »Und wie soll das deiner Meinung nach vor sich gehen?«

»Das wird sich noch zeigen.«

Speedy stand auf. Er tat es langsam, und sein Gesicht nahm dabei einen nachdenklichen, beinahe gequälten Ausdruck an. »Ich kann viel Spaß vertragen, Junge. Ich habe allen Mist mitgemacht. Ich werde nur schrecklich sauer, wenn man mich beim Frühstück stört, wie du es getan hast. Alles klar?«

Wyatt nickte, grinste und wollte wieder etwas essen. Das war genau der berühmte Punkt, der dem anderen die Galle hochtrieb.

»Mir reicht's«, knurrte Speedy wütend, wollte Wyatt Earp am Kragen packen und zur Tür hinauswerfen.

Er packte zu – und hindurch!

Damit hatte Robson nicht gerechnet. Selbst er als gelenkiger Stuntman verlor die Balance, geriet dabei ins Stolpern, stieß gegen den Tisch, der zwar nicht umkippte, weil er festgeschraubt war, aber das Tablett bekam den Stoß mit, rutschte bis zur Kante und fiel von dort aus zu Boden.

»Shit, verdammter!« fluchte Speedy, kreiselte herum, weil er wieder das Zischeln vernahm, sah den anderen waagerecht in der Luft über der Tür schweben und vernahm auch dessen Lachen.

»Nicht so eilig, Speedy. Glaube es mir, wir sind den Menschen in allen Belangen überlegen!«

»Verschwinde!« brüllte Speedy, lief vor und stoppte abrupt, denn der andere war nicht mehr zu sehen.

Wyatt Earp hatte sich aufgelöst.

Schweratmend fiel Speedy auf den Stuhl zurück. Er schwitzte plötzlich und wischte über seine Stirn. »Womit habe ich das verdient!« keuchte er. »Und dazu am frühen Morgen!« Er schlug mit der Faust auf den Tisch und sprang wieder hoch. »Das werden mir die anderen büßen!«

Er rannte zur Tür und riß sie auf, denn noch immer glaubte er, daß jemand ihm einen Schabernack gespielt hatte.

Draußen blendete ihn die Sonne. Sein Wagen stand ungünstig. Speedy zog die dunkle Brille aus der Brusttasche und setzte sie auf. Für einen Moment blieb er stehen, seine typische Haltung war es, die Arme angewinkelt, die Fäuste in die Hüften gestützt.

Es herrschte schon Betrieb auf dem Gelände. Zwar nicht dieses ganz große Durcheinander, denn die Stars lagen noch in den Betten ihrer komfortablen Wagen. Dale Shannon bestimmt mit einem dicken Kater, da er sich am Abend stets einen gehörigen Schluck packte.

Es waren die Techniker und Arbeiter, die sich auf dem Gelände befanden und geschäftig umhereilten. Ihr Chef gab mit heiserer Stimme Anweisungen. Wenn er sprach, hatte der Zuhörer immer das Gefühl, als würde der Mann mit Reißnägeln gurgeln.

Aber eine Stimme übertönte ihn.

Hell, quietschend, kreischend. Wie eine Sirene heulend. Das konnte nur eine, wenn sie dicht vor einem Wutanfall stand.

Maxie del Ray!

Die Tür in der Wagenmitte rammte so heftig auf, daß sie wieder zurückschnellte, Maxie nicht schnell genug reagierte und deshalb die Tür gegen ihr Knie bekam. Maxie wurde ins Innere zurückgeschleudert.

Das heizte ihre Stimmung noch mehr an.

»Scheiße!« brüllte sie voller Inbrunst, sprang endgültig aus dem Wagen und begann lästerlich zu fluchen, wobei sie sich bückte und ihr Knie hielt.

Von vier Seiten eilten sie herbei. Sogar den Regisseur Monty Herbert hatte das Geschrei angelockt, und das sollte bei ihm schon etwas heißen. Er war ansonsten die Ruhe in Person. Früher, da war es anders gewesen. Da hatte er nicht nur Regie geführt, sondern auch noch produziert, sich jedoch übernommen und als Produzent pleite gemacht. Das ließ ihn der große Daniel F. Teabone oft genug spüren, aber Herby, wie sie ihn alle nannten, ließ sich damit nicht provozieren. Er wußte ja, daß Teabone keinen besseren für diese Art von Filmen fand.

Speedy sah ihn laufen.

Herby wirkte gar nicht wie ein Star-Regisseur. Seine Brille mit den dicken Gläsern und dem großen Horngestell paßte nicht zu dem schmalen Gesicht. Sie war ihm viel zu groß. Er mußte sie beim Laufen festhalten.

Berühmt geworden war er für seine Schirmmütze, die er tragen mußte, weil ihm die Sonne sonst die nackte Kopfhaut verbrannt hätte. Er trug seine karierte Hose, auf einem blauen Grundstoff lief ein Muster aus roten und grünen Streifen, und das Hemd hing über seinem Gürtel. Es weht bei jedem Schritt wie eine Fahne.

Natürlich hatte sich ein Kreis Neugieriger um den Star gebildet. Monty kam ziemlich spät, durchruderte den Kreis und wurde von Maxie angefahren. »Ach nein, kommst du auch mal?«

»Ich kann nicht fliegen.«

Speedy hörte zu und grinste. Er hatte nicht verstanden, was der Regisseur antwortete, bestimmt war es nichts Feines. Ihn ging es im Prinzip nichts an, aber er wollte sich trotzdem anhören, was Maxie tatsächlich widerfahren war.

Deshalb schlenderte er rüber.

In einigen Gesichtern erkannte er deutlich das Feixen. Es gab Leute, die Maxie dieses kleine Malheur gönnten. Zu sehr hatte sie sich wie eine Diva benommen und manch einen so arrogant abfahren lassen, daß dieser bis an sein Lebensende von ihr kuriert war.

Dale Shannons Wagen stand nicht weit entfernt, er war größer als alle anderen.

Magnum Production hatte ihn gestellt, ebenso wie

Maxie del Rays Wagen! Wer das Geld brachte, bekam auch die Privilegien.

Speedy hatte seinen Wagen selbst gezahlt. Er liebte es, unabhängig zu sein. Nicht so wie Shannon, dessen Gesicht im Spalt der Wohnwagentür erschien und verdammt grau aussah. Die Tränensäcke unter den Augen sah man normalerweise nicht, auch nicht die müde, abgeschlaffte Haut, denn der Star achtete darauf, daß die Maskenbildnerin ihn zuerst morgens verarztete.

Junge, du siehst beschissen aus, dachte Speedy und grinste schief. Da konnte er sich eher sehen lassen. Ein Typ wie Dale Shannon war ohne Schminke nichts wert.

Er zog sich auch rasch wieder zurück. Wahrscheinlich paßte ihm die Sonne nicht.

Robson schlenderte näher. Er war groß und konnte über die Köpfe der meisten hinwegschauen. Maxie redete nicht nur mit dem Mundwerk, sie bewegte auch ihre Arme hektisch. Angezogen war sie zwar, dennoch sah sie aus wie ausgezogen. Der dünne Fetzen verdeckte nicht viel von ihrem gut gebauten Körper, den Speedy sehr genau kannte, denn Maxie hatte es einmal auf ihn abgesehen gehabt, und Speedy, ein Kavalier alter Schule, hatte sich natürlich nicht gewehrt.

Sie war eine Schönheit. Eine wilde Frau mit ihrem pechschwarzen Haar, den dunklen Glutaugen und der weichen, beinahe hellen Haut, die sie sehr pflegte. Die Lippen waren vielleicht ein wenig zu breit, aber auch sie strahlen einen Sex aus, der Männer Schauer über den Rücken rieseln ließ.

»So beruhige dich doch«, sagte Monty Herbert. »Du wirst geträumt haben.«

»Habe ich nicht.«

Der Regisseur verdrehte die Augen. »Was du gesehen hast, das gibt es einfach nicht.«

Robson war plötzlich ganz Ohr. Darüber wollte er genauer Bescheid wissen und drängte sich vor. »Was hast du denn gesehen, Maxie?«

Die del Ray unterbrach ihren Redeschwall, drehte sich um und schaute den Stuntman an. »Ach, bist du auch da?«

»Ja.«

»Hast du vielleicht auch einen Geist gesehen?«

Speedy nickte. »Er saß bei mir am Tisch.«

Plötzlich wurde es still. Die Gesichter der Umstehenden schienen einzufrieren. Die Leute lachten nicht einmal.

Maxie streckte ihren Kopf vor. Mit einer Geste der Verlegenheit wischte sie durch ihr Haar. »Hat dir der Geist auch seinen Namen gesagt?«

Robson nickte. »Er stellte sich vor. Das war sogar ein bekannter Geist. Er nannte sich Wyatt Earp ...«

Der Stuntman hatte noch etwas hinzufügen wollen, wurde aber durch Maxies schrilles Lachen unterbrochen. »Toll!« rief sie. »Er hieß Wyatt Earp. Und weißt du, wie meiner geheißen hat?«

»Woher sollte ich?«

»Buffalo Bill!«

5. Kapitel

Sie landeten auf dem San Francisco International Airport und waren alle drei begeistert.

»Ist das nicht irre?« rief Brody Parker, als er die kalifornische Sonne erblickte. »Ein Wahnsinn, sage ich euch. Kinder, hier fühle ich mich wohl. Das merke ich schon.«

»Wieso?« fragte Jerry.

»Die Luft riecht doch anders. Nach Meer ...«

»London liegt auch am Wasser.«

»Aber nur an der Themse, das ist der Unterschied. Hier sind wir am Pazifik. Das bedeutete Sonne, Sand, Mädchen, Hawaii, Palmen ...«

»Bis Hawaii mußt du noch weit rudern«, gab Destiny zu bedenken und schob ihre dunkle Brille hoch.

Sie hatten ihren Geistersondereinsatzwagen per Luftfracht geschickt. Er stand auf dem Frachtareal des Flughafens, und bis sich die drei durchgefragt hatten, verging einige Zeit, aber schließlich hatten sie es geschafft.

Ein Mann in Uniform bestaunte sie. Er sagte erst mal nichts und starrte sie nur an wie drei aus der Anstalt Entflohene, denn sie trugen bereits ihre Kampfkleidung, die grauen Anzüge, die sie in einem Armee-Shop gekauft hatten.

»Ihr seid also die Helden?«

»Sieht man das nicht?« fragte Jerry.

»Und euch gehört auch der komische Wagen?«

Jerry hatte es nicht gern, wenn man sein Fahrzeug beleidigte. »Er ist nicht komisch. Er ist super.«

»Wie ihr, was?«

»Genau, Onkel. Wir sind auch super«, erklärte Destiny. Der Uniformierte sah sie bewundernd an. »Gehören Sie wirklich zu den beiden?«

»Die beiden gehören zu mir.«

»Na, dann kommt mal mit.« Der Mann drehte sich um und verschwand in einem schmalen Gang, dessen Seiten aus dicht aneinandergereihten Containern bestanden.

Die Halle, in der sie sich befanden, war gewaltig. Und fast bis zur hohen Decke gefüllt. Computergesteuerte Hebekräne holten die Waren aus den Regalen, aber es gab auch Gabelstapler, die ihren Weg zwischen den Kisten fanden und ihre Waren an bestimmten Stellen suchten.

»Haben Sie ihn schon ausgepackt?« fragte Kent, der neben ihrem Führer herlief.

»Ja.«

»Waren Sie auch vorsichtig? Er ist sehr empfindlich, wissen Sie. Man muß ihn gut behüten.«

Die Halle beherbergte auch Fahrzeuge, die per Luftfracht von einer Küste an die andere geschafft worden waren. Da standen wirklich heiße Schlitten, doch weder ein Jaguar, Ferrari oder Porsche konnte mit dem Wagen der Geisterjäger konkurrieren. Er stand da wie ein wartender Mensch, und über die Gesichter der drei zuckte ein erfreutes Lächeln.

»Ich glaube, der blinzelt uns zu«, flüsterte Brody.

»Kann schon möglich sein«, meinte Kent. »Ich habe schon in London das Gefühl bekommen, als hätte unser Wagen eine Seele.«

»Eine Blechseele vielleicht«, sagte Destiny trocken.

»Ach, hör auf«, knurrte Jerry Kent. »Er ist schon super. Das ist fast ein Mensch. So wie wir, verstehst du? Der fühlt mit uns.«

»Manchmal glaube ich auch dran«, sagte Brody.

»Ich will mich ja nicht einmischen«, sagte der Mann vom Flughafen, »aber sprecht ihr über euren Wagen?«

»Nein, über unsere Braut«, meinte Jerry. »Sie gehört uns zusammen. Das ist vielleicht eine Schau, wenn wir drei auf und in ihr sitzen, das Schaukeln oder sanfte Wiegen genießen, wenn sie ...«

»Unterschreiben!« Der Mann war sauer geworden,

da er sich auf den Arm genommen fühlte. Er hielt Kent einen Frachtschein hin. »Da müssen Sie unterschreiben, Mister.«

»Gerne doch, mein Lieber.«

Der Mann sagte nichts mehr. Er war froh, daß er die drei Typen verlassen konnte.

Normal war es auch nicht, wie sie sich benahmen. Sie strichen um ihr Fahrzeug herum wie die Katze um den heißen Brei, ihre Handflächen streichelten das Blech, und Jerry meinte seufzend: »So begrüßt man nur einen guten Freund.«

»Und wer fährt den Freund?« fragte Destiny.

Jerry hob die Arme, machte ein ernstes Gesicht und sagte nur ein Wort. »Ich!«

»Dann kennst du auch die Strecke?«

»So etwas hat man im Kopf.«

»Ich schaue trotzdem lieber auf der Karte nach«, bot Destiny an und schloß die Beifahrertür auf.

Kent hielt sie zurück. Er schlug ihr eine Hand auf die Schulter und zog sie nach hinten.

Destiny wankte, fing sich und schaute Jerry böse an.

»Traust du mir nicht, Süße?«

»Aber ja doch.«

»Und weshalb schaust du auf der Karte nach?«

»Warst du schon mal hier?«

»Nein.«

»Deshalb schaue ich auch nach.«

Kent verzog das Gesicht. »Eigentlich hätte ich beleidigt sein müssen, aber ich will nicht so sein. Okay, schau nach. Nimm die Karte und zeichne den Weg ein.«

»Der müßte eingezeichnet sein.«

Wie ein beleidigter Pfau stolzierte Jerry Kent um den Wagen herum, zog die Fahrertür auf und nahm schon hinter dem Lenkrad Platz. Destiny setzte sich neben ihn. Der Straßenatlas lag ausgebreitet auf ihren Knien. Sie schielte über die Ränder ihrer Sonnenbrille auf die Karte.

»Wir müssen nach Norden«, meldete sich Jerry.

Brody Parker, der im Fond hockte, klatschte in die Hände. »Gut gemacht, Jerry. Das ist klasse.«

»Ich bin klasse.«

»Nimm den Bayshore Freeway in Richtung Norden«, erklärte Destiny.

»Und dann die Golden Gate!« jubelte Parker.

Destiny drehte sich um. »Sorry, Brody, das muß in einem anderen Film sein. Die nehmen wir nämlich nicht.«

»Tatsache?«

»Ja. Wir müssen auf die Ostseite der Bay. Rüber nach Oakland. Und da nehmen wir Oakland Bay Bridge. Alles klar?«

»Noch klarer«, erwiderte Jerry. »Ich würde vorschlagen, daß Brody Kartenstudium betreibt, damit er etwas lernt.«

»Ja, ein guter Gedanke.« Destiny reichte ihrem Partner den Atlas. »Kannst du lesen?«

»Ihr könnt mich mal.«

Kent lachte und startete. Für einen Moment schaltete er die Festbeleuchtung am Wagen ein und ließ auch die Sirenen kurz aufheulen. Alles klappte, die drei freuten sich.

»Frisco, wir sind da!« rief Jerry. »Die Yankees werden begeistert von uns sein. Keine Chance den Geistern!«

»Keine Chance!« riefen die beiden anderen.

Dann jagten sie los. Durch die gute Beschilderung auf dem Flughafengelände fanden sie gut hinaus. Sie gelangten auf den Bayshore Freeway, rauschten an

San Bruno vorbei und erreichten sehr schnell South San Francisco.

Das Wetter meinte es besonders gut. Eine strahlende Sonne stand am azurblauen Himmel. Nur im Westen lagen weiße Wolken auf der Lauer. Sie wirkten wie Bälle aus Watte.

Natürlich fuhren die drei mit offenen Fenstern. Jeder sollte sehen, wer da über den Freeway rauschte. Genügend bestaunt wurden sie. Die Fahrer der sie überholenden Wagen schauten, schüttelten die Köpfe, grinsten oder tippten sich auch an die Stirn. Selbst hier im Mekka der verrückten und ausgeflippten Typen fielen sie mit ihrem Mercedes auf.

Ein roter Sportwagen rauschte heran wie ein Geschoß. Sehr dicht fuhr er auf, dann fiel seine Geschwindigkeit ab, so daß der Fahrer auf einer Höhe bleiben konnte.

Es war eine Fahrerin.

Ein Rasseweib. Blond, leicht angezogen, mit flatternder Kleidung, eine zweifarbige Sonnenbrille und lange, blinkende Ketten in den Ohren. Das Stoffverdeck des roten Flitzers war zurückgezogen. Die Frau am Steuer lachte mit blitzenden Zähnen.

»Seid ihr die Geisterjäger?« schrie sie.

»Aaaahhh! Sie kennt uns. Sie kennt uns!« Brody war aus dem Häuschen. »Sie weiß, wer wir sind. Wer bist du denn, Süße?«

»Ich habe euch in London erlebt. Was macht ihr hier?« rief die Blonde zurück.

»Geister jagen.«

»Toll, Wahnsinn. Viel Erfolg.«

Sie rauschte ab, und Brody bekam vor Staunen den Mund kaum noch zu. »Das ist doch ein Hammer!« flüsterte er. »Verdammt, man kennt uns. Man weiß, wer wir sind. Freunde, habt ihr damit gerechnet? Seid ehrlich? Hättet ihr das überhaupt gedacht?«

»Nein, Brody.«

»Ein Wahnsinn, sage ich euch. Das ist nicht zu fassen. Wir sind berühmt. Wir sind wer.« Parker wollte sich nicht beruhigen. Er ließ sich in seinen Sitz zurückkippen, hob die Arme und klatschte in beide Hände. »Ja, wir sind wer!«

»Amerika gehört uns«, erklärte Jerry Kent mit feierlicher Stimme. »Wir sind die Helden der Nation.«

»Nun macht mal halblang«, sagte Destiny. »Das ist doch Zufall, daß diese aufgedonnerte Blondine in London was von euch gehört hat. Wenn wir hier erfolgreich auf Geisterjagd gehen, dann können wir uns rühmen.«

Die beiden Männer murrten, mußten aber zugeben, daß da was Wahres dran sein konnte.

Rechts von ihnen lag die Bay.

Eine breite, weite Wasserfläche, die grünblau schimmerte. Die Sonnenstrahlen zeichneten blitzende Spiegel auf die Kämme der Wellen. Bunte Segel bildeten herrliche Farbtupfer auf der weiten Fläche.

Sie konnten kaum bis zur Ostküste der Bay schauen, denn graublauer Dunst lag wie eine Glocke über dem ganzen Gebiet. Im Norden verschwammen die Berge im Dunst. »Genau da müssen wir hin!« erklärte Jerry.

»Ghost Valley.«

»Richtig, Brody. Das liegt dort.«

»Gib mir mal den Atlas!« verlangte Destiny.

Parker kramte die ausgeklappten Seiten zusammen und reichte ihr den Atlas.

Destiny fuhr mit einem schlanken Finger die Straßen entlang. »Wir fahren durch Oakland in die

Berkeley Hills. Da finden wir auch die alte Geistergrube.«

»Woher willst du wissen, daß es eine Grube ist?« fragte Jerry.

»Meinetwegen auch Tal.«

Das Gespräch zwischen ihnen versickerte. Jeder hing seinen Gedanken nach. Sie schauten sich die Gegend an, sahen immer wieder Wasser und das Häusermeer von Frisco und die hügeligen Straßen, für die diese Stadt berühmt war.

Schließlich bogen sie auf die Brücke und rollten über die Bay hinweg.

»Da meint man zu fliegen«, schwärmte Brody.

»Ja, gleich heben wir ab.«

»Hört auf!« beschwerte sich Jerry. »Ich muß mich konzentrieren.«

»Wieso das?«

»Habe ein komisches Gefühl.«

»Ach?« sagte Destiny spöttisch.

»Mach dich ruhig lustig über mich«, sagte Jerry Kent. »Aber ich fühle, daß etwas nicht stimmt. Ich glaube, die haben uns schon bemerkt.«

»Wer?«

»Die anderen.«

»Chikaze?« fragte Brody.

»Ja. Er wird wohl schon wissen, was in London passiert ist.«

»Aber im Ghost Valley gibt es doch kein Fernsehen«, wandte Brody ein.

»Geister wissen alles.« Jerry fuhr schneller. »Auf der Brücke fühle ich mich nicht wohl.«

»Und weshalb nicht?«

»Frag nicht noch mal, Brody. Es ist eben so.«

Sie schauten nach vorn. Noch immer lag unter ihnen das Wasser. Die Brücke war wesentlich länger als die Golden Gate, und Jerry Kent sollte sich mit seinen Vorahnungen auch nicht geirrt haben, denn Destiny war es, die auf einmal lachte.

»Hast du was?« meldete sich Parker aus dem Fond.

»Ja, schau nach vorn. Ist die Zeit der Postkutschen nicht vorbei?«

Parker beugte sich vor. »Klar, aber du scheinst dich geirrt zu haben. Ich sehe ... ahhhh, du großer mein Vater! Da kommt eine auf uns zu ...«

Kent heulte: »Mist, verdammt. Genau auf der Brücke ...«

»Wyatt Earp und Buffalo Bill«, sagte Monty Herbert. »Entweder seid ihr beide verrückt, oder ich bin es.«

»Wahrscheinlich du!« erwiderte Speedy lakonisch.

»Und weshalb?«

»Weil zwei Aussagen gegen eine stehen.«

Monty schob seinen Mützenschirm noch tiefer in die Stirn. »Das ist doch Wahnsinn. Es gibt keine Geister, sage ich dir. Wenn wir sie nicht filmisch herausstellen oder aufarbeiten, ist das alles Unfug.«

»Wyatt Earp hat meine Eier gegessen!« erklärte Speedy.

»Tatsächlich?«

»Ja.«

»Und wie fühlst du dich jetzt?«

»Hungrig, du Komiker. Er saß an meinem Frühstückstisch und ließ es sich schmecken. Und dann sagte er, daß wir nicht weitermachen oder so ähnlich. Er warnte uns praktisch.«

»Wovor?«

»Keine direkte Ahnung.«

Monty Herbert schüttelte den Kopf. »Es hilft alles nichts, wir müssen anfangen.«

»Mit den Stunts oder allgemein?«

»Nein, erst mit euch. Die Helden sind müde. Und Maxie will heute überhaupt nicht drehen.«

»Läßt du das zu?«

Der Regisseur grinste. »Ich habe ihr nicht einmal gedroht und sprach nur von Daniel F. Teabone, der heute kommt und sich ein wenig umschauen will.«

»Das war gut.«

»Jetzt will sie es sich überlegen.« Monty schlug dem wesentlich größeren Stuntman auf die Schulter. »Es hilft alles nichts, du mußt mal wieder ran. Komm mit.«

Sie hatten den Bereich der Wohnwagen verlassen und schritten parallel zum aufgebauten Schienenstrang dem Teil des Tals entgegen, wo gedreht werden sollte.

Dort war das Gelände viel ursprünglicher und natürlicher. Die von der Sonne gebleichten Felsen wuchsen steil in die Höhe. Es gab kleine Einschnitte, Vorsprünge, Spalten, Nasen und Höcker, so daß ein geschickter Kletterer auch an der Wand hochsteigen konnte.

Die Kameras waren bereits aufgebaut. Einige waren durch Planen abgedeckt worden, denn die Hitze innerhalb des Tals steigerte sich allmählich.

Für die Stars war das Zelt aufgestellt worden. Dort konnten sie sich in den Drehpausen erholen und erfrischen. Zwei Männer schleppten Kühlkisten mit Getränken und Proviant herbei.

Speedy ließ seine Blicke über die Felswände gleiten. Sein Stunt war gefährlich. Er mußte ziemlich hoch hinaus und dort gegen zwei Killer kämpfen, die ihm ans Leder wollten. Beide Männer gehörten zu seiner Crew. In diesem Film spielten sie zwei abtrünnige Indianer, die dem Weißen das Gold rauben wollten.

Ein Maskenbildner tänzelte herbei. Der war so warm, daß er selbst im Winter keine Heizung brauchte. Sein Haar hatte er gebleicht. Die langen Strähnen schimmerten in einem gebrochenen Weiß, und weiß war auch seine Kleidung.

»Bestes Leinen!« flötete er, wenn man ihn danach fragte.

»So, und nun setze ich dir den Bibi auf.«

Speedy verzog das Gesicht. »Was ist das denn?«

»Deine Perücke, starker Mann.

»Noch mehr davon, und ich verschwinde.«

»Aber doch nicht wegen mir.« Der Maskenknabe, er roch wie ein Kosmetikladen, trat dicht an Speedy heran und drückte ihm die blonde Perücke auf den Kopf, so daß Robson so ähnlich aussah wie Dale Shannon, der männliche Star.

Nach einigem Zupfen saß das Ding richtig, und Speedy begann jetzt schon zu schwitzen.

Monty kam herbei. »Eine Kamera ist oben. Ich habe auch Harry mit hochgeschickt.«

Harry war der Regie-Assistent mit den roten Haaren.

»Sind meine Leute schon da?«

»Auch.« Monty lächelte. »Schafft ihr es vielleicht beim erstenmal? Damit wäre mir geholfen.«

»Okay, ich strenge mich an.«

Speedy grüßte noch einmal, bekam seinen Stetson, setzte ihn schief auf und bog die Krempe nach vorn. »Bis gleich dann, stelle schon mal den Saft kalt, Monty.«

»Mach ich.«

Der Stuntman kletterte in die Felsen. Eine Treppe stand ihm nicht zur Verfügung, so mußte er sich eine schmale Rinne hinaufbewegen, um sein Ziel zu erreichen.

Speedy kannte den Weg bereits. Er wußte genau, wie er gehen mußte. Mit kraftvollen Bewegungen arbeitete er sich höher, erreichte einen kleinen Vorsprung, umging ihn und sah die angelehnte Aluminium-Leiter, die für ihn und seine Crew bereitstand. Auch die Kamera war darüber transportiert worden.

Sie stand im Schatten einer leicht überhängenden Felswand. Neben ihr warteten Harry und zwei Kameraleute. Der Regie-Assistent schwitzte und fragte sofort nach Maxie.

»Hat sie sich wieder eingekriegt?«

Speedy schüttelte den Kopf. »Wahrscheinlich nicht.«

»Dann kommen wir heute nicht weiter. Und das kostet.«

»Nicht viel, denn nachher kommt Teabone«, sagte Speedy.

»Tatsächlich?«

»Ja.«

»Der macht ihr Feuer unter dem Hintern, das kann ich dir versprechen, Speedy.«

»Du siehst aus, als hättest du keine Lust.«

»Habe ich auch nicht. Das Wetter ist beschissen. Schon jetzt zu warm und zu schwül. Da braut sich was zusammen. Gewitter in den Bergen sind nicht mein Fall.«

Robson winkte ab. »Man muß alles mal erlebt haben.«

»Aber lieber im Studio.«

Aus der Tiefe vernahmen sie Montys megaphonverstärkte Stimme. »Seid ihr da oben fertig, Leute?«

»Ja, es kann losgehen.«

»Okay, an die Plätze.«

Speedy tippte gegen seine Krempe und ging bis zum Drehort. Er lag nicht weit entfernt. Ein flaches

Plateau, das so wirkte, als wäre es gegen die Felswand geschleudert worden. Die Szene spielte sich auf dem Vorsprung ab. Speedy mußte sich gegen zwei Angreifer wehren und schleuderte sie schließlich in die Tiefe. Daß dort unten ein dicker, mit Luft gefüllter Gummisack zwischen den Felsen lag und sich auch farblich nicht von ihnen abhob, sah der Zuschauer später nicht.

Die beiden aus Speedys Crew warteten schon. Sie sahen tatsächlich aus wie Indianer. Der Maskenbildner hatte gute Arbeit geleistet. Lendenschurz und Sandalen trugen sie. Bewaffnet waren sie mit einem Messer.

Speedy bekam seinen Revolvergürtel. Er schnallte ihn um, zog zweimal seinen Colt und nickte zufrieden.

»Das machst du schon gut«, sagte einer der »Indianer«:

»Ich habe ja auch Wyatt Earp als Bekannten.«

Die beiden lachten. Eingeweiht waren sie nicht. Sie standen auf und nahmen ihre Plätze ein.

Speedy trat bis dicht an den Rand des Vorsprungs, schaute nach dem Gummisack, sah ihn breit und träge zwischen den Felsen liegen, sah Montys Winken und entdeckte die große Kamera schräg unter sich. Sie wurde hydraulisch in die Höhe gefahren. Auf einem Sitz dahinter und jetzt ebenfalls in luftiger Höhe hockte der Kameramann.

Monty verständigte sich mit dem Assistenten Harry über ein Walkie-Talkie.

Letzte Anweisungen wurden gegeben. Robson spürte wie immer eine gewisse Erregung. Es war jedesmal das gleiche. Denn kein Stunt glich dem anderen. Passieren konnte immer etwas ...

Seine beiden »Gegner« hatten sich verzogen. Über

ihm steckten sie zwischen den Felsen. Sprungbereit standen sie in zwei Spalten.

Robson spannte sich.

Harry gab den Befehl.

Unten fiel eine Klappe.

Aufnahme!

Geduckt bewegte sich Speedy über das Plateau. Er spielte den Helden, der sehr genau wußte, daß auf ihn eine Falle lauerte. Deshalb verhielt er sich so vorsichtig.

Seine rechte Hand lag auf dem Coltgriff. Er mußte bereit sein, jeden Augenblick zu ziehen und zu schießen.

Über Speedy bewegten sich die »Indianer«. Lautlos schoben sie sich aus ihrem Versteck, nickten sich zu, stießen sich ab und sprangen in die Tiefe. Noch während des Falls zogen sie ihre Messer.

Plötzlich blitzten die Klingen im Sonnenlicht, und genau dieser Lichtreflex warnte Speedy.

Er schaute hoch, sah die beiden Körper und erkannte, daß er einem nicht ausweichen konnte. Er drehte sich zwar noch zur Seite, wurde trotzdem erwischt, zu Boden gerissen und fiel – laut Drehbuch – genau auf seinen Colt.

Blitzschnell war der Indianer über ihm. Seine rechte Hand raste nach unten. Die Klinge hätte sich in Speedys Brust gebohrt, aber Robson kantete gedankenschnell seinen Arm, wehrte den Stich ab und riß gleichzeitig sein rechtes Knie in die Höhe.

Der Indianer spielte echt. Er flog zurück, vergaß sein Messer, ruderte mit den Armen und landete auf dem Rücken.

Auch Speedy kam wieder auf die Beine.

Der zweite sprang ihn an.

Mit einem Rundschlag empfing Speedy ihn. Es war

nicht zu sehen, daß Speedys Faust haarscharf an dem Kinn vorbeifuhr und der Indianer nicht getroffen wurde.

Dennoch überkugelte er sich, schrie, geriet zu nahe an den Rand des Felsvorsprung und kippte darüber hinweg.

Sein Schrei verhallte.

Speedy hatte noch seinen ersten Gegner vor sich. Der zeigte sich mittlerweile erholt, kniete und hatte den rechten Arm mit dem Messer in der Hand weit nach hinten gedrückt.

Er wollte das Messer schleudern.

Jetzt mußte der Held beweisen, wie schnell er war. Speedy warf sich zur Seite, riß seinen Colt aus der Halfter, schlug einen Salto und zielte auf den Indianer, der in diesem Augenblick sein Messer auf die Reise schickte.

Nichts geschah.

Die Klinge sirrte zwar drehbuchmäßig vorbei, aber die Platzpatrone in der Coltkammer funktionierte nicht.

Speedy fluchte. Alles umsonst. Jetzt mußten sie den ganzen Mist noch einmal drehen.

»Was ist denn?« hörte er Harrys Stimme.

»Die Kanone hat Ladehemmung.«

Der Regie-Assistent fluchte. Anschließend gab er dieses Ereignis per Walkie Talkie an seinen Chef weiter.

Auch Speedy war sauer. Der zweite »Indianer« richtete sich auf. »Ist was nicht richtig?«

Robson gab keine Antwort. Dafür drückte er noch einmal ab und hörte das Plopp. Gleichzeitig hatte er das Gefühl, keinen Revolver mehr in der Hand zu halten, sondern eine gummiartige Masse, die sich zwischen seinen Fingern verklebte.

Er senkte den Blick, starrte auf den Lauf und sah etwas aus der Mündung schießen.

Eine grüngraue Wolke zischte mit einem Pfeifgeräusch hervor und ballte sich etwa eine Armlänge von dem Revolver entfernt zu einer zitternden Kugel zusammen, die sich innerhalb von Sekundenschnelle aufplusterte und zu einem grüngrauen Nebelstreifen wurde, der über dem Felsabhang in die Luft fauchte und dort pfeifend und heulend seine Kreise drehte, als wäre er einer der Planetenringe des Saturn.

Dabei blieb es nicht.

Das Gebilde zerplatzte vor den Augen des Stuntman, und dann trat eine Gestalt hervor, die einem Angst und Schrecken einjagen konnte.

Ein bleiches, fast weißes Skelett.

Es jagte noch höher, wuchs weiter, und seine Knochenfratze besaß schon die Größe eines Fensters.

Weit war das Maul aufgerissen. Aus den leer wirkenden Augenhöhlen quoll gelblicher Brodem, und nach einem blitzschnell gedrehten Kreis jagte das Skelett auf den total überraschten Speedy Robson zu.

Schützend riß der Mann die Arme hoch, aber das half natürlich nicht, denn das Skelett war plötzlich über ihm, und Speedy spürte die Kälte des Todes auf seiner heißen Haut.

Ob es Knochenklauen waren, die ihn packten, oder ein Windstoß an ihm zerrte, das wußte er nicht zu sagen, jedenfalls rollte er über den Boden, erreichte auch die Kante des Vorsprungs und kippte darüber hinweg.

Speedy fiel.

Er hörte den Schrei seines Kollegen, rollte sich in der Luft zusammen, rechnete auch damit, zwischen den harten Felsen zerschmettert liegenzubleiben, und spürte den Aufprall, um gleich danach wieder in die Höhe geschleudert zu werden.

Da wußte er Bescheid.

Nicht zwischen die Felsen war er gefallen, sondern genau auf das Sicherheitskissen, das seinen Fall gebremst und dafür gesorgt hatte, daß er überlebte.

Noch zweimal federte er nach, riß dabei die Augen auf, schaute in die Höhe, aber da war nichts mehr.

Kein Skelett!

Einfach weg, wie durch Zauberei entstanden und auch wieder verschwunden.

Speedy stöhnte. Nicht einmal seinen Hut hatte er verloren. Er nahm ihn ab, riß sich auch die Perücke vom Kopf und schlug beides heftig auf den Gummiwulst.

»Das gibt es doch nicht!« schrie er. »Diese verdammte … ich werde noch wahnsinnig!«

»Ich auch«, sagte sein Kollege, der trotz seiner Schminke blaß im Gesicht geworden war.

»Kommt her, kommt her!« Monty Herbert sprach durch sein Megaphon. »Ich glaube, ich spinne.«

»Ebenfalls!« murmelte der Stuntman und stand auf. Er sprang vom Kissen und kletterte über die Felsen. Was ihm selten passiert war, das merkte er nun. Er hatte weiche Knie bekommen.

Monty erwartete ihn schon. Vor Staunen hatte er Kuhaugen gemacht und schüttelte den Kopf. Seine Hände rieb er an der weißen Hose ab, dann fragte er: »War das dein Wyatt Earp?«

»Nein, bei dem hier hab ich die Gesichtszüge nicht erkennen können!« rief Speedy.

Monty sprang in die Höhe. »Wer war es dann?« brüllte er.

»Ein Geist, ein Skelett!«

»Und wo kam der her?«

»Aus meinem Colt!« Speedy zog ihn und richtete die Mündung auf den Regisseur, der blitzschnell zur Seite sprang, als würde jeden Augenblick Gift aus der Mündung spritzen.

Auch die Kameramänner liefen herbei. In ihren Gesichtern stand ebenfalls die Ratlosigkeit. Sie blickten Speedy an, als warteten sie auf eine Erklärung von ihm.

»Verdammt, ich weiß auch nicht, wie das geschehen konnte!« schrie er. »Tut mir leid.«

»Ein Trick war es nicht«, sagte Monty.

»Das war auch Wyatt Earp nicht oder Buffalo Bill bei unserer lieben Maxie.«

»Aber wie willst du es erklären?«

Speedy begann zu lachen. »Ich erklären? Das ist nicht mein Job. Ich werde dafür bezahlt, daß ich für einige feige Arschlöcher die Knochen hinhalte. Mir weiter Gedanken zu machen, ist nicht meine Art.«

»So kannst du das nicht sehen, Speedy.«

»Weshalb nicht?«

»Du bist selbst der Betroffene gewesen«, gab Monty zu bedenken.

»Stimmt. Ich sehe es trotzdem anders als du. Für mich ist nämlich Feierabend.«

»Und Daniel F. Teabone?«

»Kann mich kreuzweise?«

»Das wird er kaum tun. Der feuert uns alle. Wir können Teabone nicht mit diesen lächerlichen Dingen kommen, Speedy. Du kennst ihn. Er wird uns auslachen und zur Sau machen. Wir verlieren unseren Job, aber das wäre ja nicht das schlimmste. Wenn sich die Sache herumspricht, Speedy, sind wir erledigt. Da gibt dir in Hollywood keiner mehr einen Krumen Brot. So mußt du das sehen.«

Robson überlegte. Es war tatsächlich nicht weit

hergeholt, was ihm Monty da zu verstehen gegeben hatte. Ein paarmal nickte er, ging unter das aufgespannte Zeltdach, ließ sich auf einem Klappstuhl nieder und zündete sich eine Zigarette an.

Herbert kam etwas später. Er schaufelte die Rauchwolken zur Seite und fragte: »Hast du es dir überlegt?«

Der Stuntman nahm noch einen Zug. »Ja.«

»Und?«

»Ich mache weiter.«

Monty grinste. »Das ist gut. Ich wußte doch, daß du nicht so eine Memme bist wie die Stars.«

»Laß sie das nur nicht hören.«

Der Regisseur winkte ab. Er trank einen Schluck Sodawasser, legte die Mütze auf den Tisch und wischte über seine schweißnasse Glatze. »Verstehen kann ich das nicht«, murmelte er. »Du vielleicht?«

Speedy trat die Zigarette aus. »Kaum, aber mir ist da eine Idee gekommen.«

»Sag sie.«

»Das Gebiet hier heißt Ghost Valley.«

»Na und?«

»Kann doch sein, daß da wirklich etwas dran ist. Oder siehst du das anders, Monty?«

Herbert blieb vor Staunen der Mund offen. Sein Gesicht zeigte Zweifel, als er fragte: »Du meinst, daß dieser Spuk keine Legende ist, sondern existiert?«

»So sehe ich das.«

»Ach, das ist Unsinn. Es gibt keine ...«

»Sage nur nicht Geister. Ich habe sie selbst gesehen. Und in der Geschichte dieses Tals steht zu lesen, daß hier mal ein mächtiger Medizinmann namens Chikaze gelebt hat. Er ist auch hier begraben worden.«

»Dann ist er ja tot.«

»Ja und nein. Vielleicht hat es sein Geist geschafft, zurückzukommen und einiges in Bewegung zu setzen. So etwas passiert immer mal. Du brauchst nur in den alten Büchern zu lesen. Hier in der Gegend gibt es genügend Orte, wo es spukt.«

Monty Herbert hatte zugehört. Bei jedem Wort beugte er sich weiter vor. Dann fragte er staunend: »Glaubst du wirklich an das, was du mir da gesagt hast?«

»Sicher.«

»Ich aber nicht.«

»Das bleibt dir überlassen. Verschaffe mir dann eine andere Erklärung, und ich bin zufrieden.«

Der Regisseur schüttelte den Kopf. »Bleib du hier, Speedy, ich werde mal mit Maxie und Dale reden.«

»Tu das meinetwegen.«

Der Regisseur erhob sich und wollte gehen, als der Eingang des Zelts von einer Gestalt verdunkelt wurde. Sie hörten auch die hastigen Schritte. Einen Lidschlag später stand der rothaarige Harry im Zelt. Sein Gesicht zeigte Erstaunen und Entsetzen.

»Was ist denn?« fragte Monty.

»Die Wagen … die Wagen …«

»Na und?«

»O verdammt, die fahren von allein!«

Wie von der Tarantel gestochen sprang Speedy Robson in die Höhe …

»Das glaubt mir keiner!« heulte Brody Parker. »Nicht einmal meine Mutter, und die hat mir immer alles geglaubt, was ich ihr erzählt habe. Aber das hier ist total bescheuert. Eine Kutsche auf der Fahrbahn, zwischen den Autos, eine Geisterkutsche, die …«

»Halt's Maul, Mann!« schrie Jerry.

»Warum hältst du denn nicht an?« rief Brody.

»Weil ich ... weil ich ... ach, verdammt, die Bremsen scheinen irgendwie defekt zu sein.«

»Gute Nacht, Freunde«, meldete sich Destiny und rutschte dabei tiefer in den Beifahrersitz.

Es war eigentlich weder zum Lachen noch zum Fürchten. Da fuhren sie mit gleichbleibender Geschwindigkeit auf der Brücke zusammen mit anderen Fahrzeugen in Richtung Osten, und aus Oakland kam ihnen – auf ihrer Fahrbahn – eine Kutsche entgegen. Eine Geisterkutsche.

Es war tatsächlich eine Stage Coach, wie sie damals im Wilden Westen ausgesehen hatte und auch immer wieder in den Filmstreifen vorkam. Vier Pferde zogen die Kutsche, die zwar dicht am Boden blieb, ihn aber nicht berührte, sondern über ihn hinwegschwebte.

Und sie kam genau auf den Wagen der Geisterjäger zu, die sich von ihrem Schrecken noch nicht erholt hatten und nicht wußten, was sie machen sollten.

Und Jerry Kent konnte nicht bremsen.

Die Distanz schmolz.

Auch die anderen Autofahrer hatten die Kutsche, deren Umrisse durchscheinend waren, inzwischen bemerkt. Im Gegensatz zum Fahrzeug der Geisterjäger reagierten ihre Autos völlig normal: Die Fahrer sahen die Kutsche und gingen automatisch auf die Bremse, nachdem sie die Schrecksekunde überwunden hatten.

Der Mann, der sich mit seinem breiten Cadillac der Kutsche am nächsten befand, lauschte der Musik, die aus mehreren Lautsprechern an seine Ohren drang, und genoß die Fahrt in seinem Luxusschlitten – aber dann verzerrte sich sein Gesicht in Zeitlupe. Er sah die Pferde, die Kutsche und auch die beiden Personen auf dem Bock.

Geisterhafte Gestalten, durchscheinend und an den Umrissen zitternd. Einer hielt die Zügel fest. Er saß vornübergebeugt auf dem Bock, während der zweite sich mit den Füßen einstemmte und sein Gewehr über die Knie gelegt hatte.

»Mutter!« schrie der Caddy-Fahrer, nahm seine Hände vom Lenkrad und trat das Pedal der Bremse tief durch.

Der Caddy war für vieles gerüstet. Nur lenken mußte man ihn noch. Ferngesteuert wurde er nicht, das bekam auch der Fahrer zu spüren, als sein Wagen plötzlich nicht mehr so wollte wie er.

Wie es sich für diesen Schlitten gehörte, rollte er fast seidenweich aus der Spur und glitt immer mehr nach rechts, auf eine der mittleren Fahrbahnen zu.

Da wollte jemand überholen.

Ein schneller Mustang, dessen Fahrer ebenfalls nur Augen für die Kutsche hatte und erst auf den Caddy achtete, als dieser seinen Schatten gegen den Mustang warf.

Da war es zu spät.

Aus dem Schatten wurde Blech, und das prallte gegen den wesentlich flacheren Mustang.

Plötzlich schienen beide Karossen zu leben. Kreischend, hämmernd und knirschend fraßen sich die Fahrzeuge ineinander, als wollten sie sich miteinander verheiraten und nie mehr loslassen. Die Fahrer schauten sich durch die Seitenfenster an. Ein jeder suchte die Schuld beim anderen, sie schrien sich gegenseitig an, ohne sich hören zu können.

Das ging so lange gut, bis der Caddy anfing sich zu drehen. Er drückte den leichteren Ford Mustang dabei mit, und beide Wagen wurden zu Blechkreiseln auf vier Rädern.

Andere Fahrer mußten ebenfalls reagieren. Auch

sie hatten die Geisterkutsche gesehen, bremsten, so daß die Brücke plötzlich erfüllt war vom hellen Kreischen der Reifen auf dem Asphalt.

Kaum ein Fahrzeug blieb noch in der Spur. Manche Fahrer bekamen ihre Wagen zwar unter Kontrolle, aber sie hatten nicht mit den verlangsamten Reaktionen der anderen gerechnet, so daß diese, obwohl sie bremsten, oft genug in die Vordermänner hineinfuhren.

Innerhalb von Sekunden war ein perfektes Chaos entstanden, das sich immer mehr verwirrte und in das Wagen auf Wagen hineinstieß.

Schon bald hatte sich eine Blockade quer auf der Fahrbahn gebildet, aber wie durch ein Wunder war die rechte Fahrspur nicht in Mitleidenschaft gezogen worden.

Dort rollten die Geisterjäger!

Hinter ihnen krachte und brach eine Welt zusammen. Ihnen war es gelungen vorbeizuhuschen, und vor ihnen befand sich zum Glück auch kein weiteres Fahrzeug in der Nähe, das hätte stark abbremsen können.

Nur die Geisterkutsche kam auf sie zu.

Destiny schaute in den Innenspiegel. Sie sah den Blechhaufen auf der Straße, Menschen waren ausgestiegen, rannten winkend und aufgebracht umher, ohne daß sie damit etwas bewirkt hätten. Auch heulte bereits eine Sirene auf.

Allerdings nicht die eines Patrol Cars, sondern die am Einsatzwagen der Geisterjäger.

Brody Parker hatte sie eingeschaltet, dann lehnte er sich nach hinten und holte die Waffen von der Ladefläche.

»Beeil dich, Brody!« rief Jerry Kent.

»Ja, verdammt. Fahr endlich langsamer!«

»Klappt noch immer nicht!« schrie Jerry, der wie verrückt gegen das Bremspedal pumpte.

»Du mußt dich beeilen!« rief Destiny dazwischen.

Brody wühlte und kramte. Es rächte sich, daß sie die wichtigen Dinge nicht festgeklemmt hatten. Durch den Transport über den Atlantik waren sie ziemlich durcheinandergewirbelt worden.

Während Brody nach den Waffen suchte, konzentrierte sich Jerry auf die Geisterkutsche und darauf, wie er ihr entwischen konnte. Die Bremsen sprachen immer noch nicht an. Vielleicht konnte er der Kutsche ausweichen. Kent wollte auf die linke Seite, drehte das Lenkrad, doch es gehorchte ihm nicht. Die Lenkung versagte einfach.

Die Magie hatte über die Technik gewonnen. Die beiden Männer auf dem Kutschbock wollten, daß der Wagen genau auf sie zurollte, um dann zuschlagen zu können.

»Die machen Kleinholz aus uns!« keuchte Destiny. »Verdammt, das schaffen wir nicht mehr! Das ist bestimmt Chikazes Rache!«

»Wir hätten seinen Bruder nicht killen sollen!« lamentierte Brody.

»Zu spät!« rief Destiny.

»Du hast recht«, entgegnete Jerry und nahm die Hände vom Steuer.

»Der fährt auch ohne mich«, rief er.

»Ah, in die Hölle!« schrie Brody Parker.

»Meinst du uns?«

»Nein, Jerry, die verdammte Kutsche.«

Wie ein Wilder kurbelte Parker die Scheibe nach unten und lehnte sich mit dem Oberkörper hinaus.

Die Entfernung zur Geisterkutsche war stark geschrumpft. Der Kutscher schlug mit den Zügeln auf die Rücken der vier Gespannpferde, um sie anzutreiben. Die Pferde sprangen hoch und preschten los.

Dabei war nicht ein Laut zu vernehmen. Geräuschlos schwebte die Geisterkutsche auf den Mercedes der Geisterjäger zu.

»Schieß doch endlich, Brody!« rief Destiny entsetzt. »Sie will uns rammen!«

Brody Parker brüllte und schoß. Den grünen, zukkenden, bogenförmigen Strahl aus seinem Laser-Gewehr begleitete er mit wilden, heiseren Schreien. Der Strahl bohrte sich nicht allein in die Geisterpferde hinein, sondern fand seinen weiteren Weg in die beiden Personen auf dem Bock und danach in die Kutsche.

Dicht vor ihnen fauchte die Kutsche in die Höhe. Einen breiten kometenhaften Streifen hinter sich herziehend, jagte sie dem Himmel entgegen, als wollte sie in die Bläue hineinstoßen und sich dort mit den wenigen weißen Wolken vereinigen.

Sie wurde immer kleiner und plötzlich zu einem grünen Feuerball, bevor sie zerplatzte.

Dann war sie verschwunden!

»Geschafft!« jubelte Brody Parker. »Wir haben es geschafft. Habt ihr das gesehen, Leute? Wir sind auch hier die Größten!«

Jerry Kent schrie mit. Destiny klatschte in die Hände. Kent drückte auf das Gaspedal, das sich plötzlich wieder bewegen ließ, so daß der Wagen einen gehörigen Schub bekam und nach vorn katapultiert wurde. Dann riß er das Lenkrad nach links, wechselte die Spur und jubelte noch einmal, weil ihm dies auch gelungen war.

»Sieg, Freunde, Sieg!« schrie Brody aus dem Fond. Er hatte sich rücklings auf die breite Bank gelegt und seine Beine hoch in die Luft geschleudert.

»Ja, wir können es!« jubelte Destiny.
»Was heißt wir? Ich war es!« stellte Brody klar.
»Und wir fahren weiter«, sagte Jerry. »Viel ist ja wohl nicht passiert.«
»Nur ein Haufen Blech.«
»Um den kümmern sich die Versicherungen. Sei nicht so pingelig, Süße.«
Parker schaute nach draußen. »Das war die Brücke«, sagte er. »Sie liegt bereits hinter uns.«
»Wunderbar!« freute sich Jerry. »Sonst noch was?«
»Eigentlich nicht. Jetzt brauchen wir nur noch ins Ghost Valley und da aufzuräumen.«
Destiny lachte. Sie wirkte in der Kluft der Geisterjäger fast wie ein Mann.
»Freust du dich so darüber?« fragte Jerry Kent.
»Nein, aber ich weiß, daß sie uns bestimmt erwarten. Dieser Medizinmann wird nicht so ohne sein. Schließlich hat er uns die Geisterkutsche geschickt. Also weiß er Bescheid.«
»Und wie fahren wir?« fragte Kent.
Destiny hob den Atlas auf, der vor ihren Füßen lag. Sie knickte die Karte zusammen, daß sie das Gebiet, um das es ihnen ging, genau im Blickfeld hatte.
»Leg einen Zahn zu, Jerry, wir müssen gleich abbiegen. Da gabelt sich der Freeway. Danach in Richtung Berkeley. Links an der Universität vorbei, dann ein Stück über den Mount Diablo Boulevard. Der führt in die Berge.«
»Gut, und dann?«
»Nicht ganz bis an die Südspitze des San Pablo Reservoir. Von dort aus kannst du schon hinspuken.«
Am Seitenrand der Fahrbahn erschienen die ersten großen Hinweisschilder auf die Abfahrt. Aus der Gegenrichtung donnerten unter lautem Getöse meh-

rere Patrol Cars herbei. Man mußte sich schließlich um den Massenunfall auf der Brücke kümmern.

Trotz des Atlas verfuhren sich die drei in Oakland. Aber sie hielten sich in Richtung der hohen Berge, die sich immer stärker aus dem Dunst geschält hatten und jetzt wie eine graue Wand aus dickem Blei wirkten.

Auch den Mount Diablo Boulevard fanden sie schließlich. Als sie durch den Broadway Tunnel rollten, hatten sie Oakland bereits hinter sich gelassen.

Vor ihnen wuchsen die Berge hoch, in die der Boulevard geradewegs hineinzuführen schien.

»Ghost Valley«, flüsterte Destiny. »Ich bin gespannt, ob Chikaze schon auf uns wartet.«

»Und wenn?« fragte Parker.

»Treten wir ihm voll in den ...«

»Jawohl, das machen wir!« schrien Kent und Brody zur gleichen Zeit.

Monty Herbert war dicht hinter dem Zelt stehengeblieben, und damit hatte Speedy Robson nicht gerechnet. Er konnte nicht rasch genug stoppen, deshalb stieß er Monty in den Rücken und hätte den Regisseur fast zu Boden geschleudert.

»He, Mann ...«

Speedy kümmerte sich nicht darum. Er starrte quer durch das Tal und dorthin, wo die Wohnwagen standen.

Oder stehen sollten, denn keiner parkte mehr da, wo er gestanden hatte.

Sie waren alle in Bewegung.

Es war, als führten die Wohnwagen ein Ballett auf. Einige fuhren schräg, die anderen gerade. Ein Wagen setzte vor, der andere zurück, und einer der großen hatte es geschafft, den Wirrwarr zu durchbrechen. Er raste direkt auf den Drehort zu, wobei jeder wußte, wem der Wagen gehörte.

Dale Shannon!

Die großen Reifen wühlten Staub auf, der sich wolkenartig verteilte und den Männern die Sicht auf die anderen Wagen nahm. Dafür hörten sie das Krachen, Bersten und Splittern. Die Zuschauer konnten nicht sehen, was geschehen war, aber bei dem Lärm gab es nur eine Erklärung: Die Wagen waren ineinandergefahren, als würde ein Verrückter an einer Fernsteuerung sitzen, um auf elektronischem Weg mit den Fahrzeugen zu spielen.

Das Chaos war perfekt. Voll hatten die Geister zugeschlagen. Sie spielten mit der Technik, degradierten sie und bewiesen den Menschen, daß sie den Geistern unterlegen waren.

Aus der Wolke schob sich die breite Schnauze des Wagens hervor, die den Männern in diesem Moment vorkam wie ein alles vernichtender Rammbock.

»Der fährt glatt das Zelt zusammen!« schrie Harry.

Auch der Mann auf der großen Kamera hatte seinen Platz verlassen. Er wollte nicht in luftiger Höhe erwischt werden, und jeder sah, daß sich jemand im Führerhaus des Wagens befand.

Dale Shannon und noch eine zweite Gestalt.

»Ein Geist!« brüllte Monty Herbert. »Da sitzt tatsächlich ein Geist im Wagen.« Er verdrehte die Hände ineinander, rollte mit den Augen und fühlte sich plötzlich gepackt und zur Seite geschleudert.

Speedy hatte zugegriffen, denn das Zelt war nicht mehr zu retten. Nur noch das Leben ...

6. Kapitel

Es gab Tage, da widerte ihn alles an.

So auch an diesem Morgen, als Dale Shannon die Augen aufgeschlagen hatte, sich umschaute und zunächst einmal feststellte, daß er einen verdammten Kater und keine Lust hatte, auch nur mit dem kleinen Finger vor der Kamera zu winken.

Er würde sich weigern!

Sollten sie doch Bocksprünge machen, das war ihm egal. An diesem Tag rührte er keinen Finger, das stand für ihn fest, und er bestätigte es sich selbst durch ein Nicken.

Zwar stand er auf, besah sich im Spiegel, erkannte seine graue Haut und wurde noch saurer.

»Das Alter!« flüsterte er. »Das verdammte Alter. Man kommt nicht daran vorbei. Auch ich nicht.« Er hätte heulen können. Statt dessen hörte er das Geschrei seiner hysterischen Filmpartnerin Maxie del Ray, öffnete eine der Türen und schaute hinaus.

Maxie tobte, aber obwohl nun schon jeder Beteiligte ihre Tobsuchtsanfälle gewohnt war, klang es diesmal anders.

Sie faselte etwas von einem Geist, der sie besucht hatte.

Die ist wieder frustriert bis in die Spitzen ihrer gefärbten Haare, diese Zimtzicke. Dabei soll sie froh sein, daß sie die Rolle überhaupt bekommen hat. Dazu an meiner Seite, dachte Shannon. Verrückt, daß sich das aufgetakelte Flittchen jetzt einen Geist aus den Fingern sog, um einen billigen Grund für ihre künstliche Aufregung vorzuführen.

Dale Shannon brauchte eine Dusche. Der Druck der Wasserstrahlen genügte ihm nicht, und mit einem angewiderten Gesichtsausdruck stieg er in seinen weißen Leinenanzug. Das Kostüm konnte ihm heute gestohlen bleiben, auch wenn dieser Teabone kam. Schließlich war man keine Maschine, sondern Künstler.

Da brauchte man seinen Freiraum und mußte seine Launen ausleben oder ihnen freie Bahn lassen.

Jedenfalls sah Dale Shannon das so.

Er setzte sich wieder hin, denn auch das Duschbad hatte die Kopfschmerzen nicht vertreiben können. Der gestrige Abend war hart gewesen. Sie hatten nicht nur getrunken, auch gekifft. Eine kleine Statistin, ein süßes Ding mit einem wonnigen Körper, hatte das Zeug bei sich gehabt und es auch verteilt.

Zusammen mit dem Alkohol war die Wirkung katastrophal gewesen.

»Ich brauche Kaffee!« ächzte Shannon. »Einen Topf voll. Heiß wie die Hölle und schwarz wie die Seele eines Dämons.« Er lachte über den Vergleich, denn ein schwarzer Dämon sollte als Gag zum Ende des Film erscheinen. Und zwar im Berg, tief in einem der langen Stollen oder Gräben.

Wie aufs Stichwort klopfte es an die Tür des Wohnwagens. Auf Shannons schwach gesprochenes »Come in« öffnete sich die Tür, und die Kleine vom gestrigen Abend trat ein. Sie war zum Glück nicht ohne Kaffee gekommen. Tassen und eine Kanne balancierte sie auf einem Tablett.

Mit der Hacke stieß sie die Tür zu. »Ich sah dich vorhin aus dem Wagen schauen und erkannte, daß du nicht besonders in Form bist. Deshalb habe ich dir

Kaffee besorgt. Die Nacht war dir wohl zu heiß, wie?«

Shannon zuckte zusammen. Ohne daß die Kleine es gewußt hatte, war durch ihre Worte ein wunder Punkt bei ihm berührt worden. Wer ihn auf sein morgendliches Aussehen ansprach, der machte einen Fehler und bekam es knüppeldick zurück.

Das wußte die Kleine nicht. Sie hatte kaum das Tablett abgestellt, als sie die Antwort bekam.

»Hau ab!«

Das Girl zuckte zusammen. Ihr hübsches Puppengesicht wurde blaß, dann rot. »Was soll ich?«

»Abhauen!« Shannon wedelte mit der Hand. »Los, ich will dich nicht sehen.«

»Aber du hast doch gestern abend ...«

»Das war gestern. Zieh Leine, sonst lasse ich dich entfernen.« Er stach mit dem Zeigefinger nach ihr. »Und in dem Streifen spielst du auch nicht mehr mit. Dafür werde ich sorgen. Von diesen kleinen Huren wie du gibt es genug.«

»Pah«, sagte sie. »Du stehst wohl wieder auf Männer.«

Blitzschnell packte Dale Shannon eine Haarbürste und warf sie nach dem Mädchen. Am Ohr getroffen zuckte sie zusammen, drehte sich um und stürzte hinaus.

Draußen erst begann sie, mit Schimpfwörtern um sich zu werfen. Das störte Shannon nicht weiter, für ihn war die Kleine erledigt. Die konnte sich einen anderen suchen.

Dennoch nahm Shannon eine Tasse vom Tablett und goß sich etwas von der heißen Brühe ein.

Der Kaffee war tatsächlich stark. Genau das richtige Mittel für einen Mann in seiner Situation.

Milch nahm er nicht, nur sehr viel Zucker. Mit

automatischen Bewegungen rührte er um, dachte an nichts und kümmerte sich auch nicht um die Stimmen draußen.

Es war an jedem Drehtag das gleiche Spiel. Morgens wurden die Leute immer hektisch.

Das haßte er so.

Dale schlürfte den Kaffee. Er war vorsichtig, denn die Zunge wollte er sich nicht verbrennen. Die richtige Süße hatte das Zeug auch, und eigentlich hätte er zufrieden sein müssen, aber in dieser einsamen Gegend, dieser elenden Wüste, paßte ihm überhaupt nichts. Am liebsten hätte er den Vertrag nicht unterschrieben, aber er brauchte das Geld, da ihm eine kleine Erpressung ins Haus stand.

Einer dieser Widerlinge aus Hollywood hatte etwas über ihn herausgefunden, das nicht ans Licht der Öffentlichkeit kommen durfte, weil es mit Kokain zusammenhing.

Nach dem dritten Schluck stellte er die Tasse weg und griff zu den Zigaretten. Er schüttelte ein Stäbchen aus der Packung und drehte es zwischen den Fingern, als sein Blick zufällig auf die schmale Tür fiel, durch die man ins Führerhaus gelangte.

In der Türöffnung lehnte eine Gestalt.

Zuerst dachte Shannon an eine Täuschung. Dieser Typ sah nicht normal aus. Er war grünlich bleich, trug einen altväterlichen Bratrock mit einem Schwalbenschwanz, eine enge Hose, Weste, helles Hemd, dunklen Hut mit steifem Rand, schwarze Handschuhe und einen Kreuzgurt um die Hüften geschlungen.

Aus zwei Holstern schauten die Kolben der schweren Revolver.

Obwohl die Gestalt angezogen war, flimmerten ihre Umrisse, und Dale konnte durch die Gestalt hindurchsehen, denn hinter ihr erkannte er die Sitze im Führerhaus.

Der Fremde sah aus wie ein Geist. Und zudem noch wie einer, den Shannon irgendwoher kannte. Der Kreuzgurt, der dunkle Anzug, die Weste und das sehr bleiche, hohlwangige Gesicht, auf dessen Oberlippe ein dunkler schmaler Bart wuchs.

Ja, das war eine Gestalt, die mal gelebt hatte. Vor hundert oder mehr Jahren. Sie hatte ebenso Geschichte gemacht wie Wyatt Earp oder Buffalo Bill, den Maxie del Ray ja angeblich gesehen hatte.

Doc Holliday!

Der legendäre Arzt und lungenkranke Schießer, der sich am liebsten in den Spielhallen aufgehalten hatte und später im O.K.-Corral den Earp-Brüdern beim Kampf gegen die Clanton-Bande geholfen hatte.

Der Doc war tot.

Und jetzt stand er in Dale Shannons Wagen. Für den Hollywood-Star brach eine Welt zusammen. Er wollte noch einen Schluck Kaffee nehmen, stellte jedoch fest, daß seine Hände zu sehr zitterten und er die Tasse nicht mehr halten konnte und die braune Brühe überschwappte.

Aber er stand auf.

Seine Beine zitterten plötzlich, am liebsten hätte er sich wieder hingesetzt, doch da war plötzlich der Zwang, der ihn dazu trieb, in Bewegung zu bleiben und auf den anderen zuzugehen.

Doc Holliday erwartete ihn.

Er veränderte seine Haltung nicht. Nahezu provozierend lässig lehnte er in der Tür und schaute dem Filmstar unter der steifen Hutkrempe entgegen.

Auf halber Strecke blieb Dale stehen. Er befand sich jetzt in der eingebauten Küche und sah noch rechts neben sich auf einer Ablage ein Messer liegen. Wie im Zwang umschlossen die Finger seiner rechten Hand den Griff und hielten ihn fest.

»Wer bist du?« fragte er.

Er hatte nicht mit einer Antwort gerechnet. Es überraschte ihn um so mehr, daß er eine bekam.

»Doc Holliday!« Ein Fisteln war es. Nicht mehr als ein geflüsterter Hauch, aber deutlich zu verstehen.

»Okay, Doc.« Dale grinste, obwohl ihm nicht danach zumute war. »Und was willst du hier?«

»Abrechnen!«

»Ach, und wieso?«

»Ihr habt uns gestört und das Tal der Geister entweiht«, erklärte das Gespenst aus dem letzten Jahrhundert.

»Wieso wir?« Dale kicherte. »Ich will dir mal was sagen, Doc. Den Wilden Westen gibt es nicht mehr. Er ist heute nicht mehr wild. Und wir haben einen Scheißdreck entweiht. Wir machen hier einen Film, der verdammt viel Geld kostet. Niemand, auch nicht so eine Witzfigur wie du, kann uns aufhalten.«

»Das sehe ich anders. Chikaze ist erwacht. Er hat uns geholt. Er weiß, daß wir kämpfen können. Wir waren zu lange im Reich der Geister gefangen. Jetzt sind wir frei, der Zauber ist gebrochen, und wir ebnen Chikaze den Weg in die Freiheit.«

»Deshalb wollt ihr uns aus dem Weg räumen?«

»So ist es.«

»Da kann ich nur lachen.«

»Das wirst du nicht mehr, wenn wir erst einmal anfangen, verstehst du?«

»Klar doch.« Shannon hob langsam die Hand mit dem Messer, zog den Arm an und drehte das Gelenk so, daß die Spitze des Stahls auf Doc Holliday wies.

»Was sagst du dazu?«

Die Gestalt rührte sich nicht. Und sie bewegte sich auch noch nicht, als Dale auf sie zuschritt. Er wußte selbst nicht, was in ihn gefahren war, aber er wollte töten.

Dafür hatte er sich das Messer geholt.

Noch zwei schnelle Schritte, und er stand so günstig, daß er den anderen erwischen konnte.

»Aus dem Weg. Das ist die letzte Warnung!«

Doc Holliday rührte sich nicht.

Aber Shannon. Seine Hand kam von unten nach oben. Er wollte die Klinge direkt über der breiten Gürtelschnalle im Leib des anderen versenken. Das schaffte er auch, spürte einen Widerstand und merkte viel zu spät, daß er zwar getroffen hatte, aber nicht Doc Holliday.

Das Messer steckte im Türrahmen.

Es war, wie auch die Klinge, durch die Gestalt gefahren und hatte sie nicht einmal geritzt.

Shannon stand da und wußte nicht, ob er lachen oder weinen sollte. Selbst als sich Doc Holliday bewegte, änderte Dale seine Haltung nicht. Er schaute zu, wie sich das Gespenst umdrehte, ihm den Rücken zuwandte und das Führerhaus betrat.

Was wollte der da?

Aus dem Mund des Filmstars drang ein gequälter Atemzug. Dale Shannon, der im Film immer die große Lösung wußte, weil sie ihm clevere Drehbuchautoren vorgeschrieben hatten, war plötzlich völlig hilflos. Er hatte auch seinen Manager nicht, der ihm sonst immer erklärte, was gut oder schlecht für ihn war.

Hier mußte er allein entscheiden und wußte nicht, was er unternehmen sollte.

Zeit verging.

Das Gespenst, das so aussah wie Doc Holliday,

kümmerte sich nicht um den Schauspieler. Es hatte das Führerhaus betreten und stand an der linken Seite des Lenkrads, wobei es seinen Kopf gesenkt hielt, als wollte es sich genau die Armatur ansehen.

Konnte Doc Holliday auch autofahren?

Dieser Gedanke schoß Shannon durch den Kopf, als er endlich das Messer aus der Holzwand zog. Mit einer wütenden Bewegung schleuderte er es hinter sich.

Plötzlich kam ihm der Gedanke, daß er sich in dem abgeschlossenen Wagen in einer Falle befand.

Doc Holliday, das Gespenst, stand am Lenkrad, schwebte im nächsten Moment über den Sitz und nahm hinter dem Steuer Platz.

Dale schüttelte den Kopf. Er schien für diese makabre Gestalt überhaupt nicht mehr vorhanden zu sein, die gespenstische Western-Figur kümmerte sich nicht um ihn, und Shannon sah ein, daß es das beste war, wenn er sich aus dem Wohnmobil zurückzog und verschwand.

Langsam ging er rückwärts. Noch immer spürte er das Zittern in den Knien, das sich auf einmal verstärkte. Nicht, weil die Angst größer geworden war. Die Vibrationen waren es.

Das Gespenst hatte den Motor angelassen!

Dale Shannon hielt sich mit beiden Händen den Kopf. Es war unglaublich. Doc Holliday am Steuer eines Luxus-Wohnmobils, das Dale Shannon, den großen Hollywood-Star, beherbergte.

Er warf einen Blick aus dem Fenster und stellte mit Erschrecken fest, daß nicht nur der Motor seines Wohnmobils angesprungen war, auch andere Wagen fuhren.

Maxies Wagen fuhr ebenfalls.

Ihr Wohnmobil rollte sogar auf das von Shannon

zu, wurde im letzten Moment zur Seite gelenkt, und Dale konnte erkennen, daß niemand hinter dem Steuer saß.

Doc startete das Wohnmobil.

Ein wenig abrupt, so daß Shannon überrascht wurde, nach hinten kippte und sich soeben noch festhalten konnte.

»Nein!« flüsterte er, »nein.« Er stand da, tat nichts und hätte noch die Chance gehabt, die rollende Wohnung zu verlassen. Das tat er nicht. Er blieb stehen, wartete, und seine Augen wurden immer größer, je mehr sich die Geschwindigkeit steigerte.

Der Doc war kein guter Fahrer. Er hielt den langen Wagen nicht in der Spur, so daß dieser von einer Seite zur anderen kippte, weil er in Schlangenlinien fuhr.

Dale Shannon kam sich vor wie auf einem Schiff, das sich einmal auf die Backbord-, dann wieder auf die Steuerbordseite legte. Wieso Shannon plötzlich vortaumelte und sich die Fahrerkabine als Ziel ausgesucht hatte, wußte er selbst nicht zu sagen. Möglicherweise war es in einem Anfall von Übermut geschehen, jedenfalls sah Dale keinen Grund, so lange zu warten, bis der Übermut vorbei war.

Er torkelte in das Fahrerhaus hinein, sah den leeren Beifahrersitz und hielt sich an der Lehne fest, denn ein heftiger Stoß hätte ihn fast von den Füßen gerissen.

Der Wagen mußte irgend etwas gerammt haben, das seine Fahrtgeschwindigkeit allerdings nicht beeinträchtigte.

Er wurde sogar noch schneller!

Und Dale wurde immer blasser, als er sah, was sich draußen abspielte.

Es gab kein Wohnmobil mehr, das noch an seinem

alten Platz parkte. Die Wagen fuhren wild durch die Gegend, als säße überhaupt kein Fahrer hinter dem Lenkrad.

Kollisionen blieben nicht aus. Dicht vor Shannons Luxusmobil krachten zwei Wagen frontal zusammen – es sah aus wie zwei Steinböcke, die sich ineinander verkeilt hatten. Es gab einen fürchterlichen Krach, dann röhrten die Motoren auf, und rückwärts drifteten sie wieder auseinander, während die Fensterscheiben als Splitterregen zu Boden fielen.

Dale hielt die Luft an. Sein Wohnmobil näherte sich den beiden angeschlagenen mit erschreckend hoher Geschwindigkeit. Er stemmte sich schon an der Konsole ab, weil er damit rechnete, daß Doc Holliday in die anderen hineinkrachen würde, doch dieser verdammte Geist drehte das Lenkrad blitzschnell nach links, und nur mit der rechten Heckkante touchierte die rollende Wohnung einen der Unfallwagen.

Staubwolken quollen hoch, daß man draußen kaum noch die Hand vor den Augen sehen konnte. Dale erkannte schemenhaft eine Gestalt verschreckt herumirren. Eine dunkelhaarige Frau.

Maxie del Ray!

Sie winkte mit beiden Armen, für einen Moment trafen sich ihre Blicke. Dale sah, daß sie immer noch nicht vollständig angezogen war. Sie trug ihren altmodischen Western-Unterrock, Netzstrümpfe und einen Rüschengürtel, an dem die Strumpfhalter befestigt waren.

Sie wurde vom Wohnmobil nicht erwischt, und Doc Holliday, der das Wohnmobil lenkte und trotzdem nicht fuhr, so paradox sich dies anhörte, hatte endlich freie Bahn.

Dale Shannon traute sich weiterhin nicht, hinauszuspringen. Er blieb im Führerhaus. Seine Angst steigerte sich, das Herz klopfte schneller, er spürte hinter seiner Stirn heftiges Pochen und vergoß Ströme von Schweiß. Seine Handflächen waren glitschig.

Er hatte seit langem nicht mehr gesprochen. Jetzt wandte er sich an den Fahrer. Hochrot war sein Gesicht, fast mit einer vollreifen Tomate zu vergleichen. »Doc Holliday, oder wer immer du bist und sein magst. Laß das verdammte Lenkrad los, tritt auf die Bremse und bring die verfluchte Karre zum Stehen! Hast du verstanden, du komischer Geist?«

Das Gespenst gab keine Antwort.

Das Wohnmobil raste weiter.

Unbeirrt und geradeaus!

»Ich werde wahnsinnig, ich drehe durch!« Dale Shannon raufte sich die Haare. Er hatte jetzt erkannt, welchen Weg der Wagen nehmen würde.

Wenn er so weiterfuhr, geriet er ans andere Ende des Tals. Und dort sollte gedreht werden. Da standen die Kameras, auch das provisorische Zelt mit der flachen Plane war dort aufgebaut worden. Dahinter begannen direkt die Felsen.

Das mußte eine Katastrophe geben.

»Hör auf!« kreischte der Schauspieler. Er wollte mit den Fäusten auf die Schultern des anderen trommeln, schlug jedoch hindurch und traf nur die Kante der Rückenlehne.

Bis ihm einfiel, daß er selbst etwas unternehmen mußte, war wieder Zeit vergangen. Die Gefahr, daß der Wagen das Zelt überfahren und anschließend die Felswand rammen würde, wuchs von Sekunde zu Sekunde.

Shannon reagierte.

Was er sonst dem Stuntman Speedy Robson überlassen hatte, mußte er nun selbst in die Hand nehmen.

Er warf sich quer über den Sitz und griff mit beiden Händen nach dem Lenkrad, um es herumzureißen. Seine schweißnassen Hände glitten ab. Er versuchte es noch mal. Wieder nicht. Mit beiden Händen, die Füße gegen den Boden gestemmt, rückte er am Steuer.

Es war blockiert!

Der Wagen konnte nur geradeaus fahren.

Die Bremse, schoß es Shannon durch den Kopf.

Er rutschte vor. In seiner Hast verpaßte er das Pedal. Erst beim Nachfassen schaffte er es, rammte seinen rechten Fuß darauf und schrie vor Enttäuschung auf, denn auch die Bremsen zeigten keinerlei Reaktion. Sie waren ebenfalls blockiert.

Er wich zurück.

Das Zelt erschien dicht vor der Scheibe.

Größer und größer wurde es. Menschen spritzten zur Seite weg. Speedy Robson, der Stuntman, hielt Monty Herbert fest, bevor er ihn zu Boden schleuderte und sich selbst mit einem gewaltigen Satz vor den heranrollenden Rädern in Sicherheit brachte.

Der Wagen raste in das Zelt.

Shannon hatte vor Angst die Augen geschlossen. Er hörte das Brechen der Stangen, bekam die Schüttelbewegungen mit, hörte auch das Klirren und das Brechen von Holz.

Dann war das Ungetüm durch!

Shannon traute sich kaum, die Augen zu öffnen. Am Lenkrad stemmte er sich ab, schaute trotzdem hin und sah im wallenden Staub die graue, düstere Felswand.

»Neiiinnnn!« brüllte er noch, bevor es krachte. In das Echo seines Schreis hinein erklang das Bersten des Blechs, das Platzen der Scheiben. Er bekam jede Einzelheit mit, als würde er eine Szene im Zeitlupentempo drehen.

Etwas hob ihn aus dem Sitz. Er wollte sich noch festhalten, aber die andere Kraft war stärker, schleuderte ihn nach vorn, durch die Scheibe und eingehüllt von Glassplittern in die Staubwand hinein.

Die Felsen hielten ihn auf.

Shannon schrie verzweifelt. Er glaubte, in diesen Bruchteilen von Sekunden gestorben zu sein, als er aufprallte und das große Glück im Unglück hatte, denn direkt vor ihm befand sich das große Gummikissen, auf dem die Stuntmen bei ihren tollen Sprüngen von den Klippen landeten.

Shannon kam auf dem Rücken zu liegen, wurde hochgeschleudert, fiel wieder zurück, drehte sich und schrie.

Der Wagen aber stand. Von einem Wohnmobil war an der Vorderseite nichts mehr zu erkennen. Das gesamte Fahrerhaus bestand aus einem zusammengedrückten Haufen Blech ...

Auf einmal war es ruhig. Unnatürlich ruhig sogar. Kein Motor lief mehr, kein Rad drehte sich. Es war die Stille nach dem Chaos, die jeder als so drückend empfand.

Tote hatte es nicht gegeben, auch keine Verletzten, und noch verdeckten die Staubwolken das Chaos.

Speedy Robson gehörte zu den ersten, die sich bewegten. Er stand auf, schüttelte den Kopf und hörte nicht weit entfernt ein leises Stöhnen, das in einen kraftvollen Fluch mündete.

Den kannte er, und auch die Stimme. Sie gehörte Monty Herbert, dem Regisseur, der sich ebenfalls auf die Beine stemmte und als schwankender Schatten aus dem Innern einer Staubwolke erschien, wobei er geradewegs in Speedys Nähe geriet.

Die beiden Männer sahen sich zur gleichen Zeit. »Mann, Robson, du hast mir das Leben gerettet.«

»Ich mir selbst auch.«

»Und der Wagen mit Dale Shannon?«

»Ist wahrscheinlich nur noch ein Klumpen.«

»Wer?« fragte Herbert. »Der Wagen oder Shannon?«

»Hoffentlich nicht der Mensch.«

»Ja, er wäre schwer zu ersetzen.«

Speedy erwiderte nichts. Er kannte diese zynische Hollywood-Mentalität zu Genüge. Zusammen mit dem Regisseur machte er sich auf den Weg zu den Felsen, wo der Wagen tatsächlich völlig eingedrückt stand und so aussah, als würde er jeden Moment kippen.

Beide Männer hörten das Jammern.

»Das ist Dale«, sagte Speedy. »Er muß zum Glück herausgeschleudert worden sein.« Ohne auf den anderen zu achten, rannte er los, lief um den demolierten Wagen herum, kletterte über einige Felsblöcke hinweg, erreichte die Wand, blieb stehen, sah das kuriose Bild und mußte einfach anfangen zu lachen.

Dale Shannon, der große Star, der die Gegner in seinen Filmen reihenweise besiegte, lag auf dem Gummikissen, hatte sich zusammengerollt und wimmerte vor sich hin.

Wenig später war auch Monty da. Er lachte nicht, schüttelte den Kopf und sagte nur: »Na, du Held!«

Shannon hörte auf. »Was heißt hier Held?« beschwerte er sich. »Ich habe eine Hölle hinter mir.« Er richtete sich auf und blieb zunächst sitzen. »Diesen Film drehe ich nicht mehr!«

»Ich wahrscheinlich auch nicht«, erklärte der Regisseur.

»Und ich werde euch verklagen. Schadenersatz will ich haben.«

»Was ist denn passiert?« fragte Robson.

»Ich bin, ich bin erledigt, verletzt, ich ...«

»Wo?«

Shannon funkelte den Stuntman an. »Das fragst du noch, verdammt? Überall bin ich verletzt.« Mit dem Zeigefinger tippte er auf seinen Körper und ließ dabei keine Stelle aus. »Überall, hast du gehört? Auch im Innern, an meiner Seele.«

Herbert winkte ab. »Okay, steh auf!«

»Wieso? Will mir keiner von euch auf die Beine helfen?«

»So weit kommt es noch. Das kannst du allein. Stell dich nicht an wie eine Memme.«

Shannon bewegte sich wie ein Schwerkranker. »Das, Monty, zahle ich dir heim. Darauf kannst du dich verlassen. Noch ist das letzte Wort nicht zwischen uns gesprochen. Ich mache dich in der Filmbranche unmöglich, und Teabone wird als erster davon erfahren, wie hier mit Weltklasse-Schauspielern umgegangen wird.«

»Darauf freue ich mich schon, Dale. Teabone wird dich wahrscheinlich feuern.«

Shannon stand jetzt. Er ging wie jemand, der über ein Trampolin schreitet, und mußte achtgeben, daß er nicht kippte. »Ein Geist war bei mir, ein verdammter Geist hat den Wagen gefahren. Das ... das ist der nackte Wahnsinn, aber ich werde das nicht hinnehmen.« Er stand neben den beiden. »Habt ihr gehört? Ich zahle es euch allen heim.«

»Ja, das kannst du!« Monty drehte sich um und ging davon. Seinen »Star« ließ er einfach stehen.

Shannon holte Luft, wie jemand, der zu lange getaucht war und Atembeschwerden bekommen hatte. »Was sagst du dazu, Speedy? Hast du keine Meinung? Du hast doch gesehen, wie hier mit mir umgegangen wird.«

»Monty hat doch alles gesagt.«

Dales Gesicht bekam einen fassungslosen Ausdruck. »Dann stellst du dich auf seine Seite?«

»Was gibt es da noch zu stellen? Sei froh, daß dich das Kissen gerettet hat, sonst hätten wir dich jetzt abkratzen können. Bis später, Süßer!«

Speedy hatte auch keinen Bock mehr, sich mit diesem Typ zu unterhalten, und ließ ihn zetern.

Monty hatte auf ihn gewartet. Allmählich senkte sich auch der hochgewirbelte Staub, die Sicht wurde besser, und die beiden Männer erkannten, daß es keinen heilen Wagen mehr gab.

Alle Fahrzeuge waren ineinandergefahren und hatten sich zu skurrilen Blechhaufen verformt, so daß sie an die Plastik eines modernen oder überspannten Bildhauers erinnerten.

Das Filmteam war völlig aufgelöst. Es gab wohl keinen außer Speedy und Monty, der den Überblick behalten hatte. Alle rannten und schrien durcheinander.

»Sie werden nach Gründen suchen«, sagte Herbert.

»Und?«

»Ich erzähle ihnen nichts. Soll jeder selbst zusehen, wie er zurechtkommt. Was meinst du?«

»Meinen Segen hast du.«

Die beiden blieben zusammen, schauten sich kopfschüttelnd die Trümmer des Zelts an, und es war Speedy, der plötzlich stehenblieb und den Regisseur festhielt.

»Schau mal, wer dahinten kommt.«

Monty Herbert wurde bleich, obwohl die schwere Mercedes-Limousine eine wahre Augenweide war. Aber die beiden wußten auch, wer im kühlen Innern des Wagens hockte.

Daniel F. Teabone!

7. Kapitel

In Hollywood kannte jeder kleine Statist den goldfarbenen Mercedes 500 des Produzenten Daniel F. Teabone. Er war gewissermaßen ein Markenzeichen dafür, wohin man kam, wenn man Glück, eiserne Nerven, ein Händchen für gewisse Trends und auch eine gehörige Portion Rücksichtslosigkeit besaß, um den großen Erfolg zu haben.

Und den hatte Teabone. Wenn er über den Sunset Boulevard rollte, bekamen diejenigen feuchte Augen, die seit Jahren versuchten, Jobs in der Branche zu bekommen, und noch immer davon träumten, einmal ein Star zu werden.

So manches Starlet hatte versucht, über Teabones Bett an eine Rolle zu gelangen, doch so etwas war bei Teabone nicht drin. Er trennte das Privatleben vom Geschäft. Das hatte er bisher bei all seinen drei Frauen so gehalten, und die drei Scheidungen hatten ihn stets eine Stange Geld gekostet. Wenn er jetzt eine Frau haben wollte, nahm er entweder ein supertreues und sehr verschwiegenes Callgirl, oder er hielt sich an Paula, seine Privat-Sekretärin, die auch nicht abgeneigt war, ihrem großen Boß zu einer Entspannung zu verhelfen.

Man fürchtete ihn. Sein Wort hatte Gewicht. Wen er einmal auf die Schwarze Liste gesetzt hatte, der war in der gesamten Branche untendurch. Kein Bein bekam er mehr auf die Erde, deshalb hüteten sich viele davor, auch nur ein schlechtes Wort über ihn zu verbreiten. Teabone bekam alles zu hören. Zahlreiche Zuträger arbeiteten für ihn.

Sein neuestes Projekt war dieser Western. Den genauen Titel wußte er nicht einmal. Es sollte irgend etwas mit dem Goldrausch zu tun haben, aber ihm würde noch einer einfallen, und wenn nicht, wollte er sich mit seinem Regisseur Monty Herbert zusammensetzen.

Er hatte es sich zur Angewohnheit gemacht, jeweils die Drehorte zu besichtigen. Dann tauchte er auf wie ein Gewitter und wirbelte die Leute so sehr durcheinander, daß sie oft nicht wußten, wo vorn oder hinten war.

So etwas gehörte zu seinen Sternstunden.

Er fuhr nie selbst.

Als Fahrer hatte er Doug Colter eingestellt, einen Mann, der nicht allein mit Autos umzugehen wußte, auch mit seinen Fäusten und einem Schießeisen, denn er war stets bewaffnet. Colter bezeichnete sich gern als Veteran. Er hatte in Vietnam gekämpft und dort einige fragwürdige Auszeichnungen für Dinge erhalten, die einen in normalen Zeiten in die Todeszelle bringen.

Colter war stolz darauf und seinem Boß zudem treu ergeben. Wer schaffte es von den anderen schon, so nahe bei einem der mächtigsten Leute der Filmbranche zu sein?

Der goldfarbene Luxus-Schlitten besaß ein Innenleben, das sich sehen lassen konnte. Weder das Telefon fehlte, noch die Bar oder ein TV-Gerät mit Video-

Recorder. Auf den Fahrten erholte sich Teabone stets von dem großen Streß, und da kamen ihm auch oft genug die besten Ideen.

Diesmal war er mit Doug Colter allein unterwegs. Im Büro zurückgelassen hatte er seine Privat-Sekretärin, denn er würde sie bei seinem Besuch im Ghost Valley wohl kaum brauchen.

Frisco lag bereits hinter ihnen. Sie hatten einen Umweg fahren müssen, weil es auf der Brücke zu einem schweren Unfall gekommen war. Der Umweg bedeutete eine halbe Stunde Zeitverlust, was den großen Boß aber nicht weiter störte, denn er hatte es nicht eilig.

Colter fuhr, Teabone saß im Fond und schaute sich auf dem Schirm einen seiner letzten Filme an.

Es war eine Lachsalven-Orgie über Polizisten, die selbst die größten Trottel waren. Der Film würde in der folgenden Woche anlaufen; die Werbung hatte bereits eingesetzt, und da noch nie so viele Theater einen Film gebucht hatten, stand der Erfolg bereits vor der Premiere fest.

Selbst er mußte hin und wieder lachen. Wenn er lachte, meist zwischen zwei Schlucken Champagner, verzog sich der Mund in seinem breiten Nußknackergesicht noch mehr, und das Kinn sprang so eckig hervor, als wäre es ein Felsbrocken.

Sein Kopf war eine Mischung aus Toten- und Geierschädel. Die Haut war dünn wie Papier, und die dunklen Flecken auf den Wangen zeugten davon, daß Daniel F. Teabone nicht mehr zu den Jüngsten zählte. Das eisgrau gewordene Haar trug er nach hinten gekämmt. Auf seiner Oberlippe wuchs ein ebenso eisgrauer Bart. Meistens trug er eine Sonnenbrille, deren dunkle Gläser die kalten Fischaugen verdeckten.

Sie näherten sich bereits den Bergen. Teabone sah es, wenn er durch die getönten Scheiben schaute. Er selbst konnte hinaussehen, aber niemand schaute in seinen Wagen. Dafür sorgte das gepanzerte und voll getönte Fensterglas.

Eingebettet war die Straße jetzt in eine sanfte, bewaldete Hügellandschaft, deren Schönheit Teabone nicht wahrnahm. Für ihn war es jetzt wichtig, ans Ziel zu gelangen.

Von seinem Fahrer war er durch eine Trennscheibe abgeteilt. Wenn Colter etwas von ihm wollte, griff er zum Mikro, wie in diesem Augenblick, als sie aus einer langgezogenen Rechtskurve hervorschossen.

»Sir, sehen Sie den Wagen da?«

»Wen meinen Sie?«

»Vor uns!«

Teabone legte das Mikro zur Seite und schaute über den Vordersitz. Colter hatte sich nicht getäuscht. In einiger Entfernung fuhr tatsächlich ein seltsames Fahrzeug. Im ersten Moment erinnerte es an einen Wagen der Ambulance, beim genauem Hinsehen stellte sich heraus, daß so kein Krankenwagen aussah. Zwar besaß so ein Transporter auch eine Licht- und Sirenenschiene auf dem Dach, doch der war anders angemalt und nicht mit so zahlreichen Aufklebern versehen. Außerdem war der Wagen ein deutsches Fabrikat, auch ein Mercedes.

»Das sind vielleicht Witzbolde«, sagte Colder.

»Fahr näher heran.«

»Geht klar, Sir.« Doug hatte es sowieso vorgehabt. Sein indianerhaftes Gesicht verzog sich zu einem scharfen Grinsen. Er wußte bei Teabone nie genau, wann er gasgeben konnte und wann nicht. Jetzt hatte er die Order und drückte aufs Pedal.

Der Mercedes schnurrte davon. Noch war die

Straße dreispurig. Er würde mit Leichtigkeit an dem anderen Fahrzeug vorbeiziehen. Immer näher rückte der Wagen. Auch der Produzent erkannte jetzt, daß mehrere Personen darin saßen. Drei zählte er.

Zwei Männer und eine Frau, alle uniform gekleidet. Ihre Hemden sahen aus wie die von Soldaten.

»Wenn du ihn erreicht hast, bleibst du so lange mit ihnen auf gleicher Höhe, bis ich dir das Gegenteil sage.«

»Verstanden, Sir.«

Doug spielte mit dem Gas. Er fuhr diesen Wagen gern, der ihm so sklavisch gehorchte und jeden Komfort bot, den man überhaupt von einem Auto verlangen konnte.

Die Sonnenstrahlen fielen auf den goldenen Lack und ließen ihn noch stärker glänzen. Es sah so aus, als hätte die Sonne einen Teil von sich abgeschnitten und auf die Erde geschickt.

Sie waren jetzt auf gleicher Höhe. Colter fuhr so nahe heran, daß Teabone in das seltsame Fahrzeug hineinschauen konnte.

Er sah in drei grinsende Gesichter. Die Frau war sehr attraktiv. Teabone sah, wie sie ihm zuwinkten. Sie riefen ihm auch etwas zu, aber Teabone konnte natürlich nichts verstehen.

»Soll ich weiterfahren, Sir?«

»Ja, zeig ihnen die Hinterreifen.«

»Geht in Ordnung, Sir.«

Wieder zog der Mercedes ab. Der Produzent wollte keine Unterhaltung mehr. Gedankenversunken hockte er auf der breiten Sitzbank und überlegte krampfhaft, was ihm an diesem Fahrzeug oder an den Typen bekannt vorgekommen war.

Er wußte es nicht.

Also fragte er Colter.

»Ja, Sir. Irgendwie habe ich das Gefühl, die schon mal gesehen zu haben. Ich weiß nur nicht, wo ich sie hinstecken soll.«

»So geht es mir auch.«

»Ich überlege weiter.«

»Das will ich meinen.« Teabone griff zur Champagnerflasche. Er holte sie aus dem mit Eiswasser gefüllten Kübel und goß sein Glas voll.

Doug Colter, der seinen Boß im Auge behielt, ließ Teabone erst trinken, bevor er ihn ansprach. »Sir, ich glaube, ich habe eine Idee.«

»Rede schon.«

»London, Sir.«

»Wie?« Teabones Stimme klang ärgerlich. Er mochte es nicht, wenn man ihn auf die Folter spannen wollte.

»Erinnern Sie sich noch an diese drei Geisterjäger? Damals ging es durch die Presse und alle Medien. Die haben einen Riesenwirbel veranstaltet, sogar in den Staaten …«

»Die Verrückten?«

»Ja, so haben wir sie genannt. Sie hatten sich als Markenzeichen Armee-Klamotten zugelegt. Daran werden Sie sich bestimmt erinnern.«

»Natürlich erinnere ich mich.«

»Jetzt fahren sie hinter uns, Sir.«

Der Produzent wollte es kaum glauben. Er hatte sich herumgedreht und schaute durch das Rückfenster auf den Weg zurück, den sie gekommen waren. Der andere Wagen war nicht zu sehen. Sie hatten bereits einen zu großen Vorsprung.

Daniel F. Teabone schaute wieder in Fahrtrichtung und rieb sein Kinn. Er war allem Neuen aufgeschlossen, und diese drei Typen interessierten ihn. Er beschloß, mit ihnen noch einmal Kontakt aufzunehmen. Allerdings später, weil er endlich ans Ziel gelangen wollte.

»Soll ich schneller fahren?«

»Ja, wenn Sie wollen.«

»Geht in Ordnung, Sir.« Doug Colter wußte genau, wann er den Mund zu halten hatte. In diesem Moment war das der Fall. Er redete nicht mehr, und sein Boß saß da und dachte nach. Er hatte eigentlich andere Probleme, aber diese Geisterjäger wollten ihm einfach nicht aus dem Kopf ...

Monty Herbert war blaß, die Stars blieben stumm, das ganze Filmteam sagte kein Wort, denn es redete nur einer.

Daniel F. Teabone!

Sein Kopf war hochrot angelaufen. Er sah so aus, als würde er jeden Moment auseinanderfliegen, und sogar die Sonnenbrille hatte der Produzent hin und wieder abgenommen, um die vor ihm Stehenden mit seinen kalten Fischaugen zu mustern.

Er hatte sich auch die zerstörten und ineinanderverkeilten Wagen angesehen, war einige Male um die Blechhaufen herumgeschritten und hatte getobt.

Das kannte man von ihm. Auch Doug Colter, der neben dem Mercedes stand, wartete, bis sein Chef aufgehört hatte, und reichte ihm dann drei Pillen in verschiedenen Farben.

Teabone schluckte sie. Ob es ihm tatsächlich besser ging, wußte keiner, jedenfalls regte er sich nicht mehr so stark auf und suchte sich aus den Versammelten einen Sündenbock heraus.

Sein Blick pendelte sich auf Monty Herbert ein. »Du, Monty, hast nichts unternommen!«

»Sir, was hätte ich machen sollen?«

»Diese Scheiße verhindern! Was meinst du, was mich das für ein Geld kostet! Ein Vermögen! Das ist der blanke Wahnsinn, so etwas darf einfach nicht vorkommen. Wer ist nur auf die verrückte Idee gekommen, mit den Wagen herumzukreuzen. Wer, zum Teufel?«

»Sir, das waren Geister!«

Monty hatte die Antwort gegeben und sich sicherheitshalber noch einen Schritt zurückgezogen, denn er kannte die Wutausbrüche des allmächtigen Produzenten.

Überraschenderweise blieb Teabone ruhig. Er setzte seine Brille wieder auf, schaute zu Doug Colter hin, sah dessen Schulterzucken und fragte noch einmal nach: »Hast du Geister gesagt?«

»So ist es, Sir.«

»Und die haben sich der Wagen bemächtigt?«

»Sehr richtig.«

»Weingeister?« Teabones Gesicht bekam allmählich wieder eine rote Farbe. Die Wut stieg.

»Nein, Sir, echte.«

»Und das stimmt auch, verdammt.« Bisher hatte Maxie del Ray nichts gesagt, nun fühlte sie sich dazu verpflichtet, dem Regisseur beizustehen. »Das waren Geister, Dan. Ich habe selbst erlebt, wie mir Buffalo Bill gegenüberstand.«

Teabone lachte schrill. »Der gute alte Buffalo also.« Die nächste Frage schrie er. »Weshalb nicht Wyatt Earp, verdammt?«

»Der war auch da!« erwiderte Maxie lakonisch. Sie hatte sich inzwischen angezogen, trug dreiviertellange Leinenjeans, eine blaue lange Bluse mit tiefem Ausschnitt und ein rotes Stirnband.

»Gab es sonst noch einen Geist?« fragte der Produzent. »Ich meine, einen bekannten.«

»Sicher, aber da müßten Sie die anderen fragen.«

Teabone nickte und ging im Kreis. »Geister also. Geister fahren Auto, Geister kommen einfach her und drehen durch.« Er schlug sich gegen die Stirn. Tief holte er Luft. Danach folgte der Ausbruch. »Sagt mal, haltet ihr mich eigentlich alle für verrückt? Bin ich hier der Trottel vom Dienst oder was? Ihr wollt mich wohl auf den Arm nehmen. Fertigmachen. Das ist eine Verschwörung. Jawohl, eine Verschwörung, und so etwas lasse ich mir nicht gefallen. Ihr seid entlassen!« schrie er. »Alle entlassen. Dieser Film wird nicht mehr gedreht! Ich bin doch nicht verrückt und finanziere eure Meuterei! Nein, ich nicht.« Er stampfte auf die Leute vom Team zu, hatte die Hände zu Fäusten geballt und begann damit, jeden einzelnen zu bedrohen. Auch vor Dale Shannon machte er nicht halt.

Der stand noch immer unter dem Eindruck des Unfalls. »Ich wäre sowieso ausgestiegen!« erklärte er.

Teabone blieb stehen. »Ach ja?«

»Sicher!«

»Und weshalb?«

»Glauben Sie denn, daß ich mit jemand zusammenarbeite, der nicht in der Lage ist, uns zu schützen? Diese Geister gibt es tatsächlich. Bei mir war Doc Holliday.«

»Bei mir war Wyatt Earp, Sir«, meldete sich Speedy Robson.

Teabone fuhr auf der Stelle herum. Scharf schaute er seinen besten Stuntman an. »Sie auch, Speedy?«

»Leider, Sir.« Robson breitete die Arme aus. »Bei mir fing der Spuk an. Der Geist des Wyatt Earp wollte mir sogar mein Frühstück wegessen. Ich war vielleicht sauer, als der plötzlich mein Ei aß. Können Sie sich bestimmt vorstellen, wie es Ihnen ergehen würde, wenn Sie ...«

»Shut up!«

Speedy schwieg, und Teabone wußte nicht, was er noch machen sollte. Alle waren sich einig, das hatte er noch nie erlebt. Normalerweise war der eine des anderen Teufel in dieser Branche, aber hier hielten sie zusammen, und sie schienen sich auch diesmal gut abgesprochen zu haben, denn keiner widersprach den Aussagen des anderen. So etwas hatte Teabone noch nicht erlebt. Das konnte eigentlich nur bedeuten, daß sie die Wahrheit redeten.

»Geister also«, sagte er. »Und wo kann ich die sehen?« Da er von keinem eine Antwort bekam, wandte er sich an Monty Herbert. »Los, du weißt es doch. Zeig mir deinen Geist.«

»Er ... er ist nicht da.«

»Warum nicht?«

»Weil sie sowieso tun, was sie wollen, Sir.«

»Ja, da sind die Geister wie Sie, Daniel«, sagte Speedy Robson und grinste breit.

Teabone schaute ihn so wütend an, als wollte er ihn fressen, sagte aber nichts, und Robson konnte sich solche Antwort erlauben. Er wußte, daß es keinen besseren Stuntman gab als ihn.

»Machen wir eins«, schlug der Produzent vor. »Ich nehme alles zurück, wenn ihr mir beweist, daß es die Geister gibt, und ihr mich davon überzeugt, daß ihr nicht aus lauter Spaß die Wagen kaputtgefahren habt.«

»Wie sollen wir das?« rief Speedy.

»Weiß ich nicht. Ist euer Problem. Ich will jedenfalls den Beweis haben, sonst schmeiße ich hier alles nieder.«

»Sir, darf ich zu bedenken geben, daß wir an einem

besonderen Ort drehen? Das hier ist das Ghost Valley ...«

»Na und?«

»Das sagt doch viel – oder?«

Teabone schüttelte den Kopf. »Ich habe euch allen schon gesagt, daß ich nicht an Geister glaube. Und ob das hier Ghost Valley oder Frisco Valley heißt, ist mir egal. Ich will einen Geist sehen. Und zwar innerhalb der nächsten sechzig Minuten. Könnt ihr mir dann keinen präsentieren oder zumindest eine glaubwürdige Erklärung, seid ihr entlassen. Das ist alles, was ich noch sagen wollte.«

»Ich höre sowieso auf!« meldete sich Dale.

»Ja, du kannst gehen.«

»Mit Ihnen zu arbeiten ist lebensgefährlich«, beschwerte sich Shannon und wollte auf Teabone zulaufen.

Der sah es und gab seinem Leibwächter einen Wink. Doug Colter verstand. Er ließ Shannon weit genug kommen, daß dieser sich voll und ganz auf Teabone konzentrierte. Das ausgestreckte Bein des Leibwächters sah er nicht. Erst als Dale am Boden lag und den Dreck auf seinen Lippen schmeckte, wußte er, daß man ihm eine Falle gestellt hatte.

»Man hatte dir doch etwas gesagt, du Softie«, erklärte Colter. Er blieb neben ihm stehen. »Du kannst sofort gehen. Meinetwegen auch zu Fuß. Mr. Teabone will von Typen deiner Art nichts wissen. Hau ab und laß dich nicht mehr blicken.«

Shannon stemmte sich hoch. Die Gesichter der anderen waren hart geworden. Die Menschen ballten die Hände. So mancher wünschte den Produzenten zum Teufel, aber er sagte es nicht, denn das wäre fast einem Todesurteil gleichgekommen.

Dale Shannon war der große Verlierer, als er durch

sein Gesicht wischte. Doug Colter grinste nur. Er konnte sich Dinge erlauben, die bei anderen nicht möglich waren, denn wer im unmittelbaren Dunstkreis des großen D. F. T. stand, besaß Privilegien.

Teabone kümmerte sich nicht um seinen Star. Das Gesicht war verbissen. Er wollte in seinen Wagen zurück und hatte die Hand bereits auf den Türgriff gelegt, als er Maxies typisches Lachen vernahm.

Daniel F. drehte sich um. Er sah die Schauspielerin, die ihre linke Hand auf den Kopf gelegt hatte, in die Knie geknickt war und den rechten Arm ausgestreckt hielt. »Da ist er!« rief sie. »Da ist dieser verfluchte Idiot tatsächlich.«

»Wer?« rief Teabone.

»Der Geist von Wyatt Earp!«

Niemand hielt Maxie del Ray für verrückt. Ein jeder schaute dorthin, wo der Geist erschienen war.

Er befand sich dort, wo drei Wagen ineinandergefahren waren. Aus dem bizarren Blechhaufen kam Wyatt Earp. Nein, er schwebte darüber, als wäre nichts geschehen und als würde ihm das alles überhaupt nichts ausmachen.

Sehr lässig gab er sich. Seine rechte Hand lag auf dem Griff des Revolvers, als er näher kam wie ein Western-Held auf der Kinoleinwand. Nur war er echt, das mußte auch Teabone zugeben, der wie festgenagelt auf dem Fleck stand und den Kopf schüttelte.

Speedy Robson sagte: »Das ist Wyatt, der mir mein Frühstück wegessen wollte.«

Einer lachte kurz auf und verstummte sehr schnell wieder, denn die Lage entbehrte zwar einer gewissen Komik nicht, aber unheimlich war sie trotzdem.

Wyatt bewegte sich gelassen. Die Entfernung zwischen ihm und dem Filmteam schrumpfte, und jeder konnte erkennen, wie durchsichtig die Gestalt war. Sie besaß normale Umrisse, trug auch normale Kleidung, dennoch konnte man durch den Körper hindurchschauen.

»Doug!«

»Sir?«

»Das ist jetzt deine Aufgabe. Geh zu diesem komischen Geist hin und sag ihm, daß ich das Gelände hier gepachtet habe und es mir gehört. Er soll verschwinden. Sag ihm das.«

»Mach ich, Sir.«

»Moment noch.« Speedy mischte sich ein. Er zeigte auf Wyatt Earp und auch auf Doug. »Du solltest wissen, Junge, daß dieser Geist verdammt gefährlich werden kann.«

»Na und?«

»Ich meinte nur. Sag später nicht, ich hätte dich nicht gewarnt. Der macht Kleinholz aus dir.«

»Ich auch mit ihm.«

»Ja, viel Spaß.«

Monty Herbert stand neben Robson. »Was meinst du? Wie wird er reagieren? Ist er stärker als Colter?«

»Möglich.«

Monty rieb sich die Hände. »Ich gäbe was dafür, wenn er mal eins auf die Nuß bekommt. Dieser Typ denkt, er kann sich alles erlauben, nur weil D. F. T. ihn bezahlt.«

Doug Colter kam sich wie ein Star vor. Alle anderen kuschten vor dem komischen Geist. Er nicht. Er wollte es ihm zeigen, und wenn dieser urige Typ irgendeinen Trick versuchte, sollte er zu spüren bekommen, wie blaue Bohnen schmecken.

Colter zog seinen Revolver. Es war ein 38er Smith

& Wesson. Mit ihm konnte der Leibwächter ausgezeichnet umgehen, das hatte er schon des öfteren bewiesen.

Wyatt Earp rührte sich nicht, als Doug seine Waffe hervorholte. Unbeirrt ging er weiter.

Während unter den Füßen des Mannes kleine Staubwölkchen in die Höhe gewirbelt wurden, sah man bei Wyatt nichts. Wer genau hinschaute, erkannte, daß er den Boden überhaupt nicht berührte und eine Handbreit darüber hinwegschwebte.

Colter blieb stehen. Er trug noch seine graue Chauffeursuniform, hatte auch die Mütze auf dem Kopf gelassen und baute sich breitbeinig auf. Gelassen hob er den rechten Arm. Mit der Mündung der Waffe zielte er auf die Brust des anderen.

»Bleib stehen!«

Der Geist dachte nicht daran. Mit dem typisch schaukelnden Gang eines Westernmannes schritt er weiter, zog plötzlich den Colt und ließ ihn um den Zeigefinger rotieren, bevor er die Waffe wieder in seinem Holster verschwinden ließ.

Colter war sprachlos.

Er hörte hinter sich die Kommentare, die, teils erstaunt, teils ehrfürchtig, voll an seine Ohren drangen, und er merkte plötzlich, daß ihm gar nicht mehr so wohl war. Etwas von seine Sicherheit bröckelte ab, nur konnte er das nicht zugeben.

Auch Earp stoppte. Die Entfernung zwischen ihnen betrug vielleicht fünf Schritte, keinesfalls mehr, eine gute Duelldistanz, hätte man damals im Westen gesagt.

»Verschwinde!« zischelte Wyatt. »Geh einfach weg von hier. Dann vergessen wir vieles.«

»Okay. Und weshalb verschwindest du nicht?«

»Uns gehört das Tal. Chikaze hat es für uns als

Ruhestätte auserwählt. Das solltet ihr nicht vergessen.«

»Und wir drehen hier einen Film!«

»Geht lieber.«

Colter drehte sich um. Er warf seinem Boß einen fragenden Blick zu. »Soll ich schießen?«

»Ja, verdammt noch mal!«

»Klar, Sir!« Colter nickte noch einmal und verzog sein Gesicht. In den Augen war ein gelbes Funkeln zu sehen wie damals, als er im Krieg gekämpft hatte.

Im nächsten Augenblick spie die Waffe das Blei. Einmal, zweimal, dreimal. Die Echos rollten durch die Schlucht und wetterten an den Felswänden entlang.

Alle drei Geschosse erreichten nichts!

Sie jagten durch den Körper, als wäre er überhaupt nicht vorhanden. Hinter ihm schlugen sie in das Blech der Autowracks ein, ohne größeren Schaden anzurichten.

Colter stand da wie eine Wachspuppe. Jeder bekam mit, wie sein rechter Arm allmählich nach unten sank, und als er den Kopf drehte, war sein Gesicht kreidebleich.

»Er ... er ... fällt nicht um, Sir!«

»Das sehe ich, du Affe!« Daniel F. Teabone war hochrot im Gesicht geworden. Seine Lippen bewegten sich unruhig. Er wußte nicht, was er noch sagen sollte, und hörte das leise Lachen von Speedy Robson. Das brachte ihn auf die Palme. »Dein Grinsen kannst du dir sparen, Robson!«

»Ich sagte doch, daß er ein Geist ist. Den kann man nicht einfach umlegen.«

»Was soll ich denn tun, Sir?« rief Colter.

»Mach, was du willst.«

Das konnte Colter nicht, denn der Geist des Wyatt

Earp war leicht ärgerlich geworden. Bevor Doug sich versah, hatte er die Entfernung zwischen ihnen zurückgelegt und stand plötzlich dicht vor ihm.

Colter spürte den kalten Hauch, der sich auf seinem Körper verteilte, und hatte das Gefühl, allmählich einzufrieren. Colter streckte den linken Arm aus und faßte durch die Gestalt.

Colter drehte sich zweimal auf der Stelle. Alle schauten zu, wie ihm die Beine vom Boden weggerissen wurden, er in der Luft schwebte und ihn eine grüngelbe Wolke einhüllte, in der das Gesicht des Wyatt noch deutlich zu erkennen war.

Dann ging die Post ab.

Colter schrie. Die Zuschauer verfolgten den Weg des Mannes. Auch Daniel F. Teabone, der nicht begreifen konnte und hilflos mit zusehen mußte, wie der Geist des Wyatt Earp seinen Leibwächter dorthin schaffte, wo das große Gerüst stand, dessen zwei Buchstaben auf der Spitze alles andere überragten.

MP – stand dort. Magnum Productions!

Der Halbkreis des P's besaß genau die richtige Größe. Ohne daß sich Colter dagegen wehren konnte, wurde er mit dem Kopf zuerst durchgeschoben und klemmte plötzlich mit den Hüften fest.

In dieser Haltung blieb er.

Sein Schreien hallte durch das Tal, während sich der Geist mit einem pfeifenden Geräusch zurückzog und ein helles, fast quietschendes Lachen ausstieß.

»Verdammt!« schrie Colter, der wohl unter einem Schock stand, »holt mich hier weg. Ich kann doch nicht verrecken!«

Niemand rührte sich. Die Angst der Leute war einfach zu groß geworden.

Und sie hörten noch etwas anderes.

Einen Automotor!

Der Wagen mußte die schmale Zufahrt entlangkommen, die das Tal mit der Straße verband. Die Filmleute sahen schon die Staubwolke, aus der sich einen Moment später die Umrisse des Fahrzeugs hervorschälten, in dem die Geisterjäger hockten.

Jerry Kent fuhr noch immer. Er lachte laut, als er die Leute herumstehen sah. »Ich glaube, da ist es schon losgegangen. Hier sind wir richtig, Freunde.«

»Und der affige Mercedes steht da auch!« kommentierte Parker.

»Klasse!«

Peter gab noch einmal Gas. Er wollte seinen großen Auftritt haben. Gleichzeitig schaltete er die Sirenen und die Lichtanlage ein, so daß sie mit einem wahren Getöse in das Ghost Valley hineinjagten.

Die dort wartenden Leute vom Filmteam waren überrascht worden. Hastig sprangen sie zur Seite, um nicht erwischt zu werden, während Colter weiterhin schrie.

Jerry Kent bremste.

Der Wagen stand noch nicht richtig, als Destiny und Parker bereits die Türen aufstießen.

»Wir sind da!« schrien sie zur gleichen Zeit. »Und wo liegt das Problem, Leute?«

8. Kapitel

Wenn die anderen Probleme hatten, so las man das nur an ihren Gesichtern ab, einen Kommentar gaben sie nicht. Selbst Teabone war zu überrascht. Jerry Kent war auch ausgestiegen, schaute sich um, sah die falschen Fassaden der Geisterstadt und auch den Blechhaufen der ineinanderverkeilten Wohnmobile.

Er lachte glucksend. »Es hat schon echten Ärger gegeben, wie?«

»Ein Fall für uns«, meinte Brody Parker. Zusammen mit Destiny lud er die Geräte aus.

Jerry ließ sie arbeiten.

Mit einem Grinsen auf den Lippen deutete er dorthin, wo Colter festhing. »Macht der Turnübungen?« Er hatte so laut geschrien, daß Doug es hören mußte.

»Ich schieß dir gleich den Arsch weg!« schrie er.

»Paß auf, daß du das Gleichgewicht nicht verliert. Oder willst du einen Rammbock spielen?«

Einige lachten, denn das Auftreten der drei Geisterjäger hatte die Atmosphäre ein wenig aufgelokkert. Auch Speedy Robson verzog die Lippen. »Die Typen gefallen mir!« flüsterte er Monty zu.

»Wenn ich nur wüßte, was sie vorhaben.«

»Das werden wir bestimmt gleich erleben. Für mich ist es kein Zufall, daß sie plötzlich auftauchten.«

»Na ja ...«

Jerry Kent war stehengeblieben. »Wer ist denn hier der Chef von dem komischen Laden?« rief er.

»Ich!«

Teabone hatte geantwortet und schritt um den Wagen herum. Vor der Kühlerschnauze blieb er stehen.

»Sie?«

»Ja, wenn ich es Ihnen sage.«

»Und wie ist der werte Name?«

»Daniel F. Teabone!« donnerte der Produzent.

Wenn er in dieser Lautstärke redete, knickten die meisten Menschen vor Ehrfurcht in die Knie.

Jerry nicht. »Ach, Sie sind das. Der Geier von Hollywood ...«

»Was?« Teabone lief wieder rot an.

»So nennt man Sie doch. Das hab ich bei uns in London mal gelesen. Stimmt das etwa nicht?« Jerry drehte sich um und schaute in die Gesichter der Versammelten, weil er dort Zustimmung ablesen wollte.

Keiner nickte. Hätte es einer getan, wäre Teabone im Dreieck gesprungen. Heimlich wurde er so genannt. Daß jemand den Spitznamen offen aussprach, zeugte von einer unwahrscheinlichen Leichtsinnigkeit, denn man wußte, wie nachtragend und rachsüchtig D. F. T. war.

»Wer sind Sie eigentlich, daß Sie hier ein so großes Maul führen?« fragte Teabone lauernd.

»Ich bin Jerry. Dr. Jerry Kent.«

»Und die anderen beiden?«

»Der eine ist Brody Parker, und die andere heißt Destiny: Unterschätzen Sie nur das Mädchen nicht. Die hat's faustdick unter der Bluse. Für so was müßten Sie doch ein Auge haben, Geier.«

Teabone zuckte zusammen. Er stieß seinen Kopf bullig vor. »Seid ihr eigentlich lebensmüde?«

»Wieso?«

»Ich lasse es nicht zu, daß man so mit mir spricht, verdammt.«

Jerry winkte ab. »Ihr Pech, Geier, nicht meins. Wir sind gekommen, um aufzuräumen.«

»Mit wem?«

»Mit den Geistern, mit wem sonst? Hier gibt es doch welche – oder nicht?« Jerry blickte sich um. Er sah das Nicken der Filmleute und begann zu lächeln. »Ich habe richtig geraten. Euch sitzt der Schrecken in der Pupille. Dieser Haufen Blech da hinten ist doch bestimmt nicht von euch produziert worden …«

»Nein.« Diesmal antwortete Robson.

»Waren es die Geister?«

»Genau.«

Jerry pfiff laut. »Das ist mir neu. Sie fahren jetzt sogar Auto. Ich möchte mal wissen, wo sie das lernen. Von allen Geistern, die wir bisher gejagt haben ...«

»Dann seid ihr die Geisterjäger aus London?« rief Monty Herbert.

»Richtig, Junge. Du hast den ersten Preis gewonnen. Eine Baggerfahrt durch die Rockies. Wir sind es, Freunde. Wir sind in die Staaten gekommen, weil London so gut wie geisterfrei ist. Die paar harmlosen Schloßgespenster sind keine Gegner für uns. Außerdem haben wir zu denen ein gutes Verhältnis. Stimmt's, Destiny?«

»Stimmt astrein, Mann. Mein Vater ist das Chefgespenst im Tower. Von ihm kenne ich alle Tricks, wie man sich die Geister vom Halse schafft.«

»Da habt ihr's gehört«, sagte Jerry. »Uns schickt nicht allein der Himmel, sondern auch der Geruch.

»Welcher Geruch?« fragte Teabone mißtrauisch. Er hatte sich wieder einigermaßen gefangen und kam vor.

»Der Dollar-Geruch!« Jerry tippte dem Produzenten den Zeigefinger gegen die Brust. »Sie sind der Boß hier, Mann, das sehe ich. Der große Geier, wie? Dann werden Sie ja Verständnis für uns haben, daß wir nichts umsonst machen können. Allein die Überfahrt für unser Spezialgeisterjägerfahrzeug hat ein kleines Vermögen gehortet.«

»Wieviel?« stieß Teabone hervor.

»Nun ...« Jerry begann zu grinsen und rieb sein Kinn. »Das ist so eine Sache. Normalerweise nehmen wir pro Geist fünftausend. Hier werden mehr sein, und das gibt eigentlich Rabatt. Andererseits sind die Geister hier ziemlich stark, wie ich annehme. Auch Chikaze ist nicht gerade unser Freund, da müssen wir uns schon etwas einfallen lassen. Ich würde sagen, wir machen einen Pauschalpreis. Was sagt ihr dazu?«

Brody und Destiny trugen bereits ihre Aggregate auf dem Rücken. »Verhandle du.«

»Okay, ich würde sagen hunderttausend Dollar als Pauschale. Dann sind wir quitt, und ihr könnt weitermachen.«

»Du bist verrückt?«

»Wer sagt das?«

»Ich!« Teabone kam näher. »Hunderttausend, das ist die reine Erpressung! Glaubt ihr denn, ich schmeiße mein sauer verdientes Geld zum Fenster raus?«

»Wieso, Mr. Geier? Das verdienen doch die anderen für Sie.«

»Aaahhhh ...!«

Alle hörten den Schrei, fuhren herum und bekamen noch mit, wie Doug Colter aus dem Buchstaben kippte und zu Boden stürzte. Der Schrei verstummte erst, als der Körper aufschlug.

Es wurde still.

Einige Männer liefen zu ihm und hörten ihn schon fluchen. Es war nichts passiert. Colter gehörte zu den durchtrainierten Typen, die auch einen solchen Fall einigermaßen überstehen konnten. Er stand sogar wieder auf, wehrte hilfreiche Hände ab und humpelte auf seinen Boß zu, der ihm gelassen entgegenblickte und seine Sonnenbrille hochgeschoben hatte.

»Sollte das eine Zustimmung gewesen sein?« rief Destiny.

»Ja?« hakte Jerry nach. »Was das eine Zustimmung für die hunderttausend?«

»Nein. Ich zahle irgendwelchen hergelaufenen Halsabschneidern kein Geld.«

Jerrys Grinsen fror ein. »Halsabschneider nennst du uns? Ausgerechnet du Geier? Das ist die Höhe. Aber wenn ihr nicht wollt – wir brauchen nicht. Brody, Destiny, packt die Sachen wieder ein. Wir hauen ab.«

»Richtig, Jerry!« rief Brody. »Hier ist die Luft viel zu trocken. Ich brauche einen Schluck.«

»Ich mag den Geier nicht«, zischte Destiny. »Obwohl es mir für die armen Leute leid tut.«

»Da siehst du's, großer Meister. Meine Freunde und ich haben beschlossen, Ghost Valley Good bye zu sagen. Viel Spaß wünschen wir euch noch. Und grüßt die Geister.« Jerry warf Teabone eine Kußhand zu und übersah die wütenden Blicke von Doug Colter einfach. Er schlenderte zurück. Brody und Destiny packten bereits ein.

Die anderen schauten ziemlich betreten drein. »So ist das nun mal, Leute. Wenn es keine Mitbestimmung gibt, hat einer das große Maul, und dann sitzt ihr im Dreck. Was sind für diesen Geier schon hunderttausend? Ein Klacks.«

»Kent!«

Peter blieb stehen und drehte sich um, als er seinen Namen hörte.

Doug Colter hatte ihn angerufen. Er kam auf ihn zu. Humpelnd zwar und hochrot im Gesicht, weil er wütend war.

»Hör zu, du Mistkerl!«

»Was willst du von mir?« knurrte Jerry.

»Dir Manieren beibringen, Kent!«

»Für dich Affen noch immer Dr. Kent. Und jetzt nimm deine Banane und geh in den Käfig.«

Colter sah rot. Hätte er normal laufen können, wäre es Peter sicherlich schlecht ergangen, so aber konnte er ausweichen, als Colter nach ihm greifen wollte, ins Leere faßte, stolperte und von Jerry noch einen Tritt in den verlängerten Rücken bekam, der den anderen zu Boden beförderte, wo er zunächst liegenblieb.

Keiner der Umstehenden rührte sich. Viele grinsten schadenfroh, weil sie Colter diese Abreibung gönnten.

Jerry wandte sich an Teabone. »Gibt es bei euch in Hollywood keine besseren Leute?«

»Hauen Sie ab, Mensch, hauen Sie ab!« schrie Teabone.

Jerry wollte weitergehen, doch dagegen hatte Colter etwas. Er lag noch immer am Boden, dennoch hatte sich etwas verändert. In der rechten Hand hielt er seinen Revolver, und die Mündung zeigte schräg von unten nach oben auf Jerry Kent.

»Keinen Schritt weiter!« drohte Colter.

Da griff Speedy Robson ein. Colter konnte ihn nicht sehen, da er sich in dessen Rücken aufhielt. Auch Jerry war überrascht, als der Stuntman plötzlich angeflogen kam und sein zielsicherer Tritt den Revolver aus Dougs Hand schleuderte.

Speedy kam neben ihm auf, drehte sich und starrte ihn hart an. »Noch einmal so einen Blödsinn, und ich zeige dir, wo die Glocken hängen.«

Jerry schlug Speedy auf die Schultern. »Danke, Kumpel, bist echt ein Freund, wirklich.«

»Ach, hör auf.«

»Ich meine es ehrlich. Willst du mit?«

»Nein, ich bleibe. Wenn auch ihr bleibt.«

»Gern, wenn du die Greenbacks zahlst.«

Brody und Destiny schlenderten herbei. »Fahren wir jetzt doch nicht?« fragte Destiny. Sie hielt den Geistersuchstab in der Hand und hatte die Birne gegen ihre Nasenspitze gedrückt.

Jerry deutete auf Robson. »Wenn er die Dollars zahlt.«

»Soviel habe ich nicht.«

Jerry wiegte den Kopf. »Ich will mal nicht so sein. Du hast dich auf meine Seite gestellt. Ich gehe um zehntausend runter. Ist das ein Wort, Bruder?«

»Wie sehen neunzigtausend Scheine eigentlich aus?« fragte Speedy.

Jerry winkte ab. »Noch so ein armes Schwein. Kommt, Leute, hier ist nichts zu holen. Du kannst aber mitfahren, Kumpel, mein Angebot gilt noch immer.«

»Ich bleibe.«

»Und dann?« fragte Brody.

»Jage ich die Geister allein.«

»Gratuliere«, erwiderte Jerry. »Ein neuer Konkurrent. Wie heißt du eigentlich?«

»Speedy Robson.«

»Oh, starker Name, ehrlich. So möchte ich auch heißen, wenn ich noch mal geboren werde. Trotzdem müssen wir auf neunzigtausend beharren. Tut mir echt leid, Kumpel.«

Robson hob die Schultern. »Da kann man wohl nichts machen.«

»Dein Pech.«

»Und ob man da etwas machen kann!« meldete sich eine Frauenstimme und überraschte damit alle.

Es war Maxie, die sich eingemischt hatte. Sie drückte einige Statisten zur Seite, um freie Bahn zu haben, dann schlenderte sie auf die drei Geisterjäger zu.

Peter staunte. »Das gibt es doch nicht!« ächzte Jerry Kent und ging leicht in die Knie. »Täuschen mich meine alten Augen, oder sehe ich tatsächlich Maxie del Ray vor mir? Schwarm aller Männer zwischen zehn und achtzig.«

Maxie lachte gurrend. »Du liegst auch in dem Alter. Schwärmst du ebenfalls für mich?«

»Klar doch.«

»Und ich auch«, meldete sich Brody. Destiny stieß ihm in die Rippen.

Maxie baute sich zwischen Speedy und Jerry auf. »Ich habe diesen verdammten Geist auch gesehen«, begann sie. »Und ich will nicht, daß er noch einmal erscheint. Versteht ihr? Tut mir einen Gefallen. Killt diese Brut.« Sie nahm Jerrys Arm und drückte ihn an ihren Busen, der keinen Halter nötig hatte.

Jerry Kent wand sich, während er die Wärme ihrer Haut spürte. »Ich würde ja gern, weißt du. Aber ...«

»Ich werde dich auch belohnen!« flüsterte Maxie.

»Ist das neunzigtausend wert?«

Der Filmstar zuckte zusammen.

Brody flüsterte: »Jetzt hast du dir alles verdorben, du Dummkopf.«

»Macht ihr das denn umsonst?« hauchte Maxie.

»Wenn man mich auch so nett fragt ...«

»Nein, niemals!« rief Destiny.

»Können wir uns auf fünfzigtausend einigen?« fragte Maxie leise. »Die zahle ich.«

Jerry schaute auf ihre schwarze Haarflut. Sie warf den Kopf ein wenig zurück, und sein Blick traf ihre Augen. Was er darin las, ließ ihm Schauer über den Rücken rinnen.

»Fünfzig?« flüsterte sie und öffnete die Lippen leicht.

»Seid ihr einverstanden?« fragte Jerry kehlig.

»Ja, plus Spesen.«

Brody hatte seinen Rechner hervorgeholt und

tippte Infos ein. Destiny schaute ihm über die Schulter.

»Wie hoch sind die denn?« fragte Monty Herbert.

»Die kosten viel. Da war der Transport unseres Wagens ...«

»Kommt ihr mit zehntausend aus?«

»Ja!« sagte Brody und ließ den Taschenrechner verschwinden.

»All right, dann hätten wir es.«

Jerry nickte. »Weil ihr es seid, nehmen wir keinen Vorschuß. Los, holt das Zeug wieder aus dem Wagen. Wir fangen an. Wo ist der Feind?«

Monty gab ihm Antwort. »Überall im Tal. Die können sich im Berg ebenso versteckt halten wie im Boden.«

»Die spüren wir schon auf. Und in dieser Bretterstadt?«

»Haben wir noch nicht nachgeschaut«, gab Monty zu.

»Die nehmen wir uns zuerst vor. Von Chikaze habt ihr noch nichts gesehen?«

»Nein, aber gehört.«

»Ach?«

»Ja, Wyatt Earp sprach davon. Doc Holliday glaube ich auch. Sogar Buffalo Bill ist da.«

Jerry freute sich. »Toll, da können wir etwas erleben. Sonst noch wer?«

»Bestimmt. Wenn ihr den Berg durchsucht, werdet ihr sicherlich auf welche stoßen.«

»Das kann sein.«

Brody kam. »Fang auf, Jerry!« Er warf ihm den Energie-Tornister zu, den Jerry lässig auffing und sich auf den Rücken schnallte. Er wurde von den anderen bestaunt und danach gefragt, was das für ein Gerät sei.

»Damit packen wir sie. Auf dem Rücken befindet sich die Energie-Anlage für das Laser-Licht. Und aus dem Schlach jagen die Strahlen, gegen die selbst Geister vergeblich kämpfen.«

»Das funktioniert?« fragte Monty.

»Du wirst es erleben.«

»Vielleicht jetzt gleich schon!« rief Speedy. Er deutete auf den goldenen Mercedes, der sich plötzlich in Bewegung setzte, obwohl weder Teabone noch Colter in ihm saßen.

Und doch hockte jemand am Steuer.

Es war eine Frau.

Der Wagen fuhr direkt auf die drei Geisterjäger zu. Sie konnten hineinschauen, sahen die Person aber nicht genau, nur die grünen Umrisse flimmerten und fluoreszierten, als wären die Umrisse der Fahrerin durch leichte Pinselstriche nachgemalt worden.

Noch war der Wagen langsam, aber Jerry wollte es genau wissen. Er lief ihm entgegen, dann parallel und riß während der Fahrt die Beifahrertür auf. »Wer bist du?« rief er, neben dem Mercedes herlaufend.

Der Ghost am Lenkrad sah wild aus. Ein Gewehr lag quer über seinen Knien, auf dem Kopf saß ein Cowboyhut. Obwohl der Geist weiblichen Geschlechts war, sahen seine Gesichtszüge ziemlich männlich aus.

»Antworte!«

»Ich bin Calamity Jane!« hörte Jerry eine quietschende Stimme, bevor der Mercedes schneller wurde und er die Tür loslassen mußte. Die Wucht schleuderte ihn noch zur Seite, er konnte sich aber fangen und hörte das Lamentieren des Produzenten Daniel F. Teabone.

»Mein Wagen, mein schöner Wagen ...« Er wollte

sich überhaupt nicht beruhigen und greinte wie ein kleines Kind.

Jerry und seine Freunde aber erwachten zu einer fieberhaften Hektik ...

9. Kapitel

Tief im Innern des Berges, wo die ewige Dunkelheit herrschte und kein Mensch je hinkam, rührte sich etwas.

Gewaltige Kräfte erwachten. Seit Jahrhunderten hatten sie im tiefen Schlaf gelegen, doch der Tod des Geistes im fernen London hatte Entsetzliches bewirkt.

Chikaze war bereit!

Man hatte ihn damals in einer Höhle vergraben. Bedeckt mit tonnenschweren Steinen, die niemand mehr wegräumen sollte. Aber was waren schon Steine gegen die Macht einer unheimlichen Magie?

Nichts waren sie – überhaupt nichts. Wenn die Zeit reif war, würde Chikaze kommen.

Und sie war reif!

Niemand sah etwas, aber in die Dunkelheit hinein geriet eine Art von geisterhafter Bewegung. Etwas füllte die Höhle aus, setzte sich an den Rändern, der Decke, in Ecken und Winkeln fest.

Chikaze schickte seinen Geist.

Ein böser, gefährlicher Hauch nur, der tastend durch die Finsternis strich und mit jeder Sekunde, in der er sich in Freiheit befand, an Stärke zunahm.

Er wollte Chikaze befreien.

Kalt war der Hauch des Todes, der über das Steingrab in der Höhle hinwegstrich, tastend seinen Weg fand und den vollends weckte, der in der Erde lag.

Chikaze kam!

Zuerst bewegten sich die Steine, weil sie von unten den Druck spürten. Die oberen zitterten, rollten gegeneinander, tickten zusammen, bekamen eine andere Richtung und rollten den Hügel hinunter.

Irgendwo kamen sie zur Ruhe, aber die nächsten Steine folgten bereits. Sie rollten weiter, denn die Kraft desjenigen, der sich unter dem Hügel befand, hatte sich verstärkt. Er schüttelte die Fesseln der alten Magie ab und verließ sein Grab.

Furchtbar hörte sich sein Stöhnen an, das er ausstieß, als die letzten Steine durch die Höhle rollten, bis sein Weg frei war.

In der Dunkelheit richtete er sich auf. Zu sehen war von ihm nichts, bis auf zwei weiße Punkte in Kopfhöhe.

Seine Augen ...

Kalte, schwammige Glotzer, die wie Antennen wirkten und dafür sorgten, daß er alles mitbekam, was sich in der unmittelbaren Umgebung ereignete. Jede Gefahr spürte er, jeden Gegner konnte er orten, und er wußte plötzlich, daß Feinde in der Nähe lauerten.

Er spürte ihre Aura, die ihn streifte, und er stellte sich darauf ein. Nicht umsonst wurde dieses verlassene Tal Ghost Valley genannt. Es sollte seinem Namen alle Ehre machen, und Chikaze rief das Heer der Geister ...

Der Mercedes rollte weiter, und nichts hielt ihn auf. Es wagte auch keiner, ihn zu stoppen, so fuhr er geradeaus und zielte dabei auf eine einsam stehende und noch verpackte Kamera, die ein kleines Vermögen kostete. Sie war schwer, aber der Wagen war schwerer. Er rammte sie, und die Kamera kippte zu Boden.

Wie ein tanzender Gnom rannte Teabone noch hinter seinem Wagen her, ohne ihn jedoch einholen zu können.

Dafür hörte er das Jaulen der Sirenen. Er blieb stehen, drehte sich um und schaute in zwei voll aufgeblendete Scheinwerfer. Die Geisterjäger nahmen die Verfolgung auf.

Sie hatten ihren Spezialwagen geentert, und los ging es. Sirenenklang, Lichtreflexe und das Schreien ihrer Stimmen vermischte sich zu einem höllischen Inferno, als Jerry auf das Gaspedal drückte.

Teabone sprang hastig zur Seite, sonst hätten ihm die Räder die Zehenspitzen geplättet, so nahe huschte der Wagen an ihm vorbei.

»Setz dich in die Ecke und heul dich aus, Geier!« brüllte Jerry aus dem offenen Fenster, dann waren sie weg.

Der goldene Mercedes mit Calamity Jane am Steuer fuhr schräg durchs Tal, der allmählich tiefer sinkenden Sonne entgegen. Er hatte einen neuen Kurs eingenommen, und der sah gar nicht gut aus, denn sein Ziel waren offenbar die alten Gebäude der Geisterstadt, in denen der Film spielen sollte.

Durch die Renovierung wirkten sie wie neu. Alles, was sich der Zuschauer wünschte, war vorhanden. Eine Mainstreet ebenso wie Saloons, Barber Shops und kleine Restaurants. Sogar eine Bank war vorhanden.

Es fehlte nichts.

Selbst an Hitchracks hatte man gedacht und an die

Stepwalks. Wenn der goldfarbene Mercedes nicht vorher stoppte, würde er genau in eines der alten Häuser hineinfahren.

»Los, drück auf den Pinn!« feuerte Destiny ihren Partner Jerry an.

»Ja, Jerry, leg den Riemen auf die Orgel. Wir müssen ihn packen.«

»Schaffen wir.«

Destiny und Brody hatten ihre Scheiben nach unten gekurbelt und den Kopf aus dem Fenster gestreckt. Staub quoll ihnen entgegen, sie begannen zu husten und zu fluchen, während Jerry schneller fuhr.

Sie holten auf.

»Das ist keine Geisterkutsche!« rief Egon. »Den packen wir gut und machen ihn alle.«

»Peter, aufpassen! Noch wenige Meter!« Destiny war in ihrem Element. Die Mündung der Schußkanone hielt sie aus dem Fenster. Sie zielte auf den Wagen.

»Noch nicht schießen. Erst wenn wir auf gleicher Höhe sind«, warnte Brody.

»Klar doch. Mir brauchst du nichts vorzumachen.« Deutlich merkte man Destiny an, daß sie noch sauer war, weil ihre beiden Partner soviel Interesse an Maxie gezeigt hatten.

Der Mercedes hatte seinen Vorsprung nicht mehr ausbauen können. Vielleicht noch drei Wagenlängen trennten die beiden Fahrzeuge voneinander. Eine sichere Sache.

Doch plötzlich wurde der Luxusschlitten schnell. Er schien zu einem goldenen Pfeil zu werden, brachte Distanz zwischen sich und den Verfolger und raste genau auf das erste Gebäude der Mainstreet zu.

»Der hält genau darauf zu!« rief Destiny.

»Wir sind zu langsam!« Brody heulte fast.

Sie schafften es tatsächlich nicht mehr vor dem Ziel. Der goldfarbene Mercedes hatte die Straße bereits erreicht, fuhr auf den ersten höher gelegenen Stepwalk zu, berührte ihn mit seinen vorderen Reifen, wurde in die Höhe geschleudert, schaffte das Hindernis auch, durchbrach noch einen Hitchrack und krachte in die Wand.

Die drei Geisterjäger hatten tatsächlich noch etwas aufholen können, aber jetzt kurbelte Jerry das Lenkrad nach links, um einen Zusammenstoß mit Wagen oder Haus zu vermeiden.

Der schwere Mercedes war wie ein Geschoß in das Haus hineingerast. Es war keine falsche Fassade, denn dahinter lagen provisorische Wohnungen, die man für die Innenaufnahmen hergerichtet hatte.

Ein gewaltiges Loch gähnte für einen Moment in der Wand, bevor die gesamte Vorderfront des Hauses anfing zu wanken, regelrecht zitterte, auseinanderriß, durch nichts mehr gehalten wurde und zusammenkrachte.

Ein Höllengetöse hörten selbst die drei Geisterjäger, als sie um das zusammenbrechende Haus herumfuhren, um den goldfarbenen Wagen an der Rückseite zu erwarten.

Er kam auch.

Und mit ihm die Trümmer.

Ein Tisch, Teile eines Schranks und einige unidentifizierbare Bretter waren vom Kühlergrill mitgenommen und nach vorn geschleudert worden. Und der Mercedes sah nicht mehr so aus wie vor dem Aufprall. Das linke Hinterrad hatte den Aufprall nicht überstanden und sich gelöst, so daß der Wagen nur auf drei Rädern weiterrollte.

»Jetzt haben wir ihn!« jubelte Destiny.

Jerry riß das Lenkrad nach rechts. In einem Winkel von ungefähr neunzig Grad fuhren sie auf den Mercedes zu, und Jerry schrie plötzlich: »Festhalten!«

Dann stieg er mit aller Kraft auf die Bremse.

Der Wagen schlidderte weiter. Destiny und Brody wurden durcheinandergewirbelt und verloren die Übersicht.

Jerry, der auf sein Manöver vorbereitet gewesen war, reagierte als erster. Kaum stand der Wagen, als er schon die Tür aufhämmerte und nach draußen sprang. Schreiend rannte er auf den goldfarbenen Mercedes zu. Er wartete nicht auf seine beiden Mitstreiter, sondern hielt die Laserkanone schuß- und feuerbereit.

Er drückte ab.

Wieder zuckte der grüne Strahl in einem zackigen Halbkreis aus der Düse seinem Ziel entgegen. Das gebündelte Laserlicht traf den Mercedes in Höhe der Fahrertür und bohrte sich durch.

Jerry blieb stehen.

Mit beiden Händen umklammerte er das Lichtrohr und schwenkte es von links nach rechts, um den Mercedes voll zu erwischen. Keine Stelle wollte er auslassen.

Destiny und Brody kamen Jerry zu Hilfe. Auch sie gaben Stoff.

Der Wagen begann vor ihren Augen zu zergehen.

Scheiben platzten, Blech verbog sich und rann als sirupartige Masse auf den staubigen Boden, wo sie dicke Pfützen bildete.

»Jetzt muß er kommen!« rief Destiny. »Achtung, Freunde!«

Kaum hatten die drei die Finger von den Auslösern genommen, als der Geist der Calamity Jane aus dem zerstörten Mercedes hoch in die Luft schoß, wo er kreischend und rasend schnell seine Runden drehte.

»Schießt!«

Drei Laserstrahlen jagten dem Geist entgegen, der sich nicht mehr halten konnte, voll erwischt wurde und Sekunden später nur noch aus Fetzen bestand, die sich auflösten.

»Bye bye, Calamity Jane!« rief Destiny und winkte.

»Wir brauchten nicht mal unsere Geisterfalle«, sagte Jerry.

»Wir werden immer besser«, stellte Destiny fest, sie senkte ihre Waffe und klopfte sich selbst auf die Schulter. »Das liegt daran, daß ihr durch mich intelligente Verstärkung bekommen habt.«

Jerry und Brody zeigten sich großzügig und widersprachen nicht. Dann tanzten, lachten und feierten sie diesen ersten Sieg in Ghost Valley.

»Jetzt können die anderen kommen!« rief Brody.

»Die sind schon da«, meinte Jerry.

»Woher weißt du?«

Jerry nickte in Richtung Geisterstadt. »Ich habe das Office eines Sheriffs gesehen. Und ihr wißt doch sicherlich, daß der gute Wyatt Earp Sternträger gewesen ist. Wenn mich nicht alles täuscht, sitzt der in seiner Bude und wartet auf das große Duell.«

»Mit dir, Jerry?« fragte Destiny.

»Klar.«

»Sollen wir mitmachen oder zuschauen?«

»Wie kannst du bei einem Duell zwischen Wyatt Earp und mir mitmachen?«

Destiny gab spöttisch zurück: »Indem ich deine Knochen numeriere.«

»Witzbold.«

Die Leute vom Filmteam rannten herbei. Sie winkten und schrien, nur wenige waren zurückgeblieben, unter denen befand sich auch Daniel F. Teabone, der wahrscheinlich noch nicht verdaut hatte, daß sein schöner goldener Wagen zu einem Klumpen gefahren und geschmolzen worden war.

Speedy war als erster da. »Einfach super!« brüllte er. »Macht ihr das immer so?«

»Klar doch.«

»Dann seid ihr die Größten in der Branche.«

»Noch größer!« rief Destiny.

Maxie war mitgekommen und völlig außer sich. »Prima, großartig!« rief sie. Sie stellte sich zwischen Jerry und Brody und legte einen Arm um sie. Destiny verfolgte die Szene mit sichtlichem Unbehagen.

Maxie stellte sich auf die Zehenspitzen und küßte Jerry auf den Mund. »Das hast du verdient«, hauchte sie.

Brody wollte sich schon beschweren, aber er kam nicht dazu, denn Maxie hatte sich jetzt ihm zugewandt. Als er ihren Mund spürte, verdrehte er so stark die Augen, daß einige Angst hatten, er würde in Ohnmacht fallen. Brody war eben ein schüchterner Mann.

»Das glaubt mir keiner!« flüsterte er, hielt die Augen dabei halb geschlossen und hatte einen verklärten Gesichtsausdruck aufgesetzt. »Nein, das glaubt mir keiner, wenn ich das in meinem Club erzähle. Das ist einfach Wahnsinn. Maxie, der Superstar. Ich halte das nicht aus ...«

Jerry kümmerte sich inzwischen wieder um ihre Gönnerin. Und das sehr intensiv. Maxie hatte auch nichts dagegen, daß er seine Hände auf Wanderschaft gehen ließ und ihre Berg- und Tallandschaft erforschte.

Destinys Hieb auf seine Schulter riß ihn aus den Träumen. »Reiß dich zusammen, Bruder. Noch haben wir nicht gewonnen.« Sie funkelte Maxie mit ihren großen Augen an. »Zieh Leine, Schwester, mach mir die Jungs nicht an, sonst vergessen die ihre Arbeit ...«

Jerry brummte unwillig: »Du bist eine elende Spielverderberin.«

»Ich bin es, die die Nerven behält«, stellte Destiny fest. »Ich konnte ja nicht ahnen, wie schnell sich die Geisterjäger in Schürzenjäger umwandeln.«

»Wer spricht denn hier von Schürze?« piepste Maxie. Sie trug wirklich keine. Die Umstehenden lachten.

Zwei Männer aus Speedys Crew hatten sich inzwischen den ehemals goldfarbenen Mercedes angeschaut. »Da ist nichts mehr zu machen«, erklärten sie übereinstimmend. »Völlig vernichtet. Teabone wird toben.«

»Er kann ihn ja als modernes Kunstwerk in seinen Garten stellen«, schlug Destiny vor.

»Ja, das sag ihm mal. Der bringt so etwas fertig. Allerdings traut er sich nicht näher heran.« Der Stuntman wies dorthin, wo Teabone und sein Leibwächter zusammenstanden. Sie redeten aufgeregt miteinander.

»Und was wollt ihr machen?« fragte Monty, der Regisseur.

»Western spielen«, erwiderte Jerry.

»Wieso?«

»Wir sehen uns die Stadt an, durchkämmen sie und holen uns die Geister zum Duell. Wie in alten Zeiten. Ich, Jerry Kent, trete gegen Wyatt Earp auf der Mainstreet an. Dagegen ist die Schlacht in O.K.-Corral nichts gewesen. Hier wird es ein neues Tombstone geben.«

»Wir können die Stadt ja Kentstone nennen«, schlug Destiny vor.

»Sei nicht albern, Deputy.«

»Hörst du, Brody, er hat mich schon befördert.«

Brody grinste. »Und was werde ich?«

»Undertaker.«

Brody verzog das Gesicht. »Immer soll ich die Leichen begraben. Ich will auch mal der Held sein.«

»Das träumst du auch nur.«

»Und wann wollt ihr gehen?« fragte Speedy.

Jerry Kent hob die Schultern. »High Noon ist ja leider schon vorbei, sonst hätten wir es machen können wie Gary Cooper. Ich wäre dafür, wenn wir noch etwas warten.«

»Und weshalb?«

»In der Dämmerung schieße ich besser.«

»Ist auch effektvoller«, meinte Destiny.

»Das ist euer Problem, Jungs«, meinte Speedy. »Aber ich möchte gern mit.«

»Auf keinen Fall!« protestierte Brody. »So etwas ist viel zu gefährlich.« Robson winkte ab. »Gefahr ist mein Job.«

»Ja, im Film! Aber hier geht es echt zur Sache. Es gibt Geister, die arbeiten mit Kampfmitteln, von denen wir noch nichts gehört haben. Und es gibt Kannibalen unter ihnen. Stimmt's, Freunde?«

Brody und Destiny nickten.

»Fressen die uns mit oder ohne Kleidung?« fragte Speedy sarkastisch.

»Das ist ihnen egal. Sie schlucken alles. Laßt euch warnen, Freunde. Wir machen das. Wir sind die Geisterjäger, wir räumen auf und schlagen Buffalo Bill die alte Flinte über den Schädel!«

»Wenn ihr wollt, bitte. Und dieser Chikaze?«

»Den holen wir uns auch noch«, versprach Jerry. »Ist eine unserer leichtesten Übungen. Also denn!«

Man jubelte ihnen zu, wünschte viel Glück und reichte ihnen die Hände. Nebeneinander schritten sie los, Destiny in der Mitte.

So betraten sie die Mainstreet der Geisterstadt.

Still war es geworden. Die Sonne stand schon ziemlich tief, so daß ihre Strahlen weite Teile des Tals nicht mehr erreichten, weil sie von den Bergkuppen aufgehalten wurden. Zwielicht breitete sich aus.

»Da hinten hängt das Schild«, sagte Jerry halblaut. »Das ist das Sheriff's Office.«

»Und da willst du wirklich allein hin?« wollte Destiny wissen.

Jerry nickte. »Ich ahne, daß ich dort Wyatt Earp treffe.«

»Hoffentlich trifft er dich nicht«, murmelte Destiny.

»Keine Bange. Ich habe den großen Durchblick, wie man mit Wyatt Earp mitten im Sommer Schlitten fährt.«

»Wir durchsuchen inzwischen die Stadt«, sagte Brody. »Da kannst du mal deinen Geistersuchapparat einsetzen, Destiny. Mal schauen, ob du überhaupt welche entdeckst.«

»Auf das Gerät kann ich mich verlassen!« behauptete Destiny.

»Probier es aus.« Jerry winkte seinen Freunden noch einmal zu und setzte sich in Bewegung.

Es sah aus wie der Lonesome Cowboy aus einem S. F.-Streifen ...

10. Kapitel

Brody und Destiny hatten zahlreiche Western gesehen, deshalb wollten sie es so angehen wie die Helden in den Filmen. Vor der Schwingtür des großen Saloon bauten sie sich im toten Winkel auf, machten ernste Gesichter und nickten sich zu.

Dann sprangen sie.

Leider hatten sie sich ein wenig verschätzt, was die Breite der Türen anging. Zudem trugen sie die sperrigen Kästen auf dem Rücken, und damit knallten sie zusammen, so daß ihr Eintauchen in den Saloon schon mehr Ähnlichkeit mit einer Bruchlandung aufwies.

Destiny, die zierlich schlanke Frau, zog bei dem unfreiwilligen Zusammenstoß den kürzeren, sie strudelte, konnte sich nicht mehr halten und kippte auf den mit Sägemehl und Staub überdeckten Boden, während Brody an ihr vorbeihuschte, bis zum ersten Tisch vorsprang, seine Laser-Lanze im Anschlag hielt und brüllte: »Hands up und an die Wand mit euch!«

Das trieb auch Destiny wieder hoch. Sie schnellte auf die langen Beine, wollte schon schießen und schüttelte den Kopf, da sich außer ihr und Brody niemand im Saloon befand.

»Hast du eine Lücke in der Hirnschale?« fragte sie.

»Wieso?«

»Da ist doch keiner.«

»Ja«, sagte Brody, »aber es hätte einer im Saloon sein können, verstehst du?«

»Nein.«

»Ach, das liegt nur daran, daß du kein Mann bist. Frauen haben keine Fantasie. Und Frauen gehören auch nicht in einen Saloon – höchstens als Bar-Girl.«

»Verdammter Chauvi«, fauchte Destiny. Die Einrichtung des Raumes war so echt, wie es nur ging. Die Filmfritzen hatten all das herangeschafft, was in einen Saloon gehörte. Das alte Klavier war ebenso vorhanden wie die lange Theke mit dem halbblinden Spiegel dahinter und die Spucknäpfe in den Ecken.

Brody hob einen hoch, drehte ihn um und sagte: »Leer!«

»Geister spucken nicht«, erklärte Destiny. »Die *spuken* höchstens.«

Brody hob die Schultern und trat hinter die lange Theke. Dort suchte er den Boden ab, schaute in das Regal und entdeckte nichts als fingerdicken Staub. »Haben die Angst gekriegt, weil wir gekommen sind?« fragte er ungläubig flüsternd.

Destiny hatte sich auf einen der runden Holztische gesetzt. »Vor dir bestimmt nicht.«

»Vor dir denn?«

Als Antwort hielt Destiny das Geistersuch-Gerät in die Höhe. »Das ist der springende Punkt.«

»Du meinst wohl die hüpfende Birne.«

»Auch das.« Destiny rutschte vom Tisch. »Verschwinde mal da hinter der Theke. Jetzt bin ich an der Reihe.«

»Willst du suchen?«

»Klar.«

Brody kam hinter der langen Theke hervor und ließ Destiny passieren.

Destiny bückte sich und streckte den rechten Arm aus. Die Hand umklammerte den Stab mit der Glühbirne.

Brody hatte sich vor der Theke aufgebaut und

reckte sich, um über den Tresen hinwegschauen zu können. Er sah nur Destinys gekrümmten Rücken und den Geistersuchstab.

»Merkst du schon was?« fragte er.

»Nein, Mensch.«

»War auch nur eine Frage.«

»Störe meine Kreise nicht und halte dich geschlossen«, zischte Destiny.

»Wie du willst.«

Destiny rutschte über den Boden und suchte jede Ecke ab, als hätte sie einen Geigerzähler in der Hand. Auch in die Kästen unter dem Tresenaufbau leuchtete sie hinein. Das Holz roch noch frisch.

Keine Reaktion.

»Allmählich wird es langweilig«, murrte Brody. »Vielleicht funktioniert dein Apparat nicht.«

»Der funktioniert besser als du.«

»Das sagst du ...«

»Und so meine ich das auch.«

Brody verließ den Platz und erforschte den Saloon. Das Klavier interessierte ihn, ein altes Orchestrion. Die Tastatur wurde von der Klappe verdeckt, auf der grauer Staub lag.

»Brody!« flüsterte Destiny plötzlich. »Ich habe es.«

»Was hast du?«

»Es leuchtete auf.«

»Stark oder schwach?«

»Noch schwach.«

»Warte, ich komme.« Brody ging vorsichtig um die Theke herum. Neben Destiny ging er in die Knie und schaute gebannt auf die kleine Birne, die gelblich leuchtete.

Destiny hatte sich noch nicht bewegt, erst als Brody in Position gegangen war, streckte sie den Arm weiter aus.

Das Leuchten der Birne verstärkte sich. Es wurde heller, fast strahlend und nahm auch eine andere Farbe an, dann schwenkte es über ins Grün. »Hier müssen sie sein«, flüsterte Destiny sehr aufgeregt. »Gleich kommen sie bestimmt heraus. Mach dich auf was gefaßt, Brody.«

»Klar doch.« Die Stimme zitterte vor Aufregung.

Destiny führte das Gerät dicht über den Boden, ließ keine Stelle aus, und ihre Augen wurden noch größer, als sie sah, daß die Farbe der Birne abermals wechselte.

Blau, dann violett und allmählich schwach rot. »Die sind noch stärker als die Midnight Lady in London«, flüsterte Destiny.

»Und was machst du jetzt?« wollte Brody wissen.

»Ich suche weiter, bis ...« Destiny brach ab. Auch Brody sah, was seine Partnerin so sehr verdutzte.

Die Lampe brannte zwar noch, aber sie flackerte jetzt. An – aus, an – aus ...

»Was ist das denn, Destiny?«

»Weiß ich auch nicht.«

»Vielleicht stottert der Geist.«

»Unsinn.«

Destiny und Brody zuckten zusammen, als sie hinter sich ein hallendes Geräusch hörten. Sie fuhren herum und schauten staunend auf den Deckel des Klaviers, der hochgeklappt worden war.

Und plötzlich bewegten sich die Tasten, ohne daß jemand vor dem Musikinstrument gesessen hätte.

Ein Geisterspieler intonierte den Yankee Doodle.

Destiny lief es kalt den Rücken hinab. Geister suchen und aufspüren war eine Sache, aber sich von Geistern eingekreist zu fühlen und sie nicht zu sehen, das war etwas ganz anderes. Etwas sehr Unheimliches ...

Mit vorsichtigen Schritten und schußbereiter Laser-Kanone ging Brody auf das Klavier zu. Er hatte gerade drei Schritte getan, als es geschah.

Eine ungeheure Kraft schien in dem alten Kasten zu stecken. Sie wurde befreit, und plötzlich flogen die Tasten der Reihe nach wie vom Katapult geschossen aus ihrer Halterung in die Luft.

Schwarze und weiße Tasten wirbelten durcheinander. Sie schufen Platz für eine fauchende Gestalt, die aus dem Klavier schoß, sich zu einer Wolke zusammenballte, unter der Decke »klebenblieb« und sich plötzlich aufspaltete.

Aus einer Gestalt wurden sechs!

Sechs geisterhafte Wesen, die gekleidet waren wie Cowboys, tanzten in einem wirren Reigen über Brody und Destiny.

Brody wollte etwas sagen, brachte aber kaum ein Wort heraus. »Da ... da ...«

Destiny hatte ihre Laser-Kanone gezogen und richtete die Mündung auf die Geister, auch Brody hatte schon angelegt, als das Zittern durch den gesamten Bau lief, der Boden sich plötzlich öffnete und Brody ins Rutschen geriet.

Er kippte nach hinten weg, schrie noch nach Destiny und sah sie auf der Theke stehen, die Augen weit aufgerissen, und ebenfalls kippen, weil in diesem Augenblick die Theke zusammenbrach.

Destiny stieß einen spitzen Schrei aus, während sie hinterrücks von der Theke kippte. Sie feuerte noch, aber einen Geist traf sie nicht.

Unter Destiny tat sich ein Loch auf, das immer größer wurde, die ganze Theke krachte hinein. Destiny hörte noch, wie Brody brüllte, bevor sie auch verschluckt wurde und in die Tiefe tauchte ...

Die Geister der alten Goldgräber aber waren frei. Endlich, und sie genossen es, heulend und pfeifend durch den Saloon zu jagen. An den Wänden glitten die hauchzarten Schattenwesen hoch, jagten über den Fußboden, an der Decke entlang und näherten sich der Tür.

Die erste kleine Geisterarmee war dabei, Ghost Valley in Besitz zu nehmen. Und weitere würden folgen …

11. Kapitel

Jerry Kent fühlte sich als Retter der verlorenen Stadt. Er schritt in der Mitte der Mainstreet; rechts und links glotzten ihn die alten, leeren Fassaden an. Auch wenn sich die verdammte Stadt noch so unbewohnt zeigte, er wußte es besser.

Irgendwo lauerten sie.

Und er würde sie hervorlocken. Vor allen Dingen Chikaze, diesen gefährlichen Medizinmann, der sich bisher noch nicht zu zeigen getraut hatte.

Jerrys Blick war nicht allein nach vorn gerichtet. Er schaute auch nach rechts und links, achtete auf Bewegungen, doch hinter den blinden Fenstern der Fassaden konnte er nichts und niemanden erkennen.

Am Ende der Mainstreet begannen die Berge. Die Straße schloß fast bündig mit den steilen, klippenartigen Formationen ab, und Peter sah auch die großen höhlenartigen Tunnel zwischen den Vorsprüngen und breiten Felsnasen.

Dort führte der Weg in das Innere des Berges, und Jerry fragte sich, ob er und seine Freunde nicht dort hineingehen müßten, um Chikaze zu holen.

Erst wollte er den Sheriff Wyatt Earp.

Jerry Kent war sicher, daß Wyatt Earp oder sein Geist im Office wartete. So war das immer in den Westernfilmen, weshalb sollte es hier in Ghost Valley anders sein?

Obwohl die warmen Strahlen nicht mehr in das Tal fielen, weil die Sonne hinter den Felsenbergen verschwunden war, stand die Hitze noch über der Mainstreet.

Das Tal hatte sich in den letzten Stunden ebenso aufgeheizt wie die Felsen, die jetzt die aufgespeicherte Wärme allmählich zurückgaben und mit dazu beitrugen, daß es noch schwüler und wärmer wurde.

Das roch nach einem Gewitter …

Jerry ging weiter. Er betrat den hölzernen Gang und schlich unter einem breiten Vorbau entlang.

Er wollte so wenig Lärm wie möglich machen. Vielleicht konnte er Wyatt Earp überraschen.

Hinter dem Haus mit dem Vorbau befand sich das Sheriff's Office. Die Fassade war braun angestrichen worden. Jerry nahm noch den Geruch der Farbe wahr. Wenn er sich bückte, scheuerte die Kleidung auf seinem Rücken, und er spürte auch den kalten Schweiß.

»Und das alles für fünfzigtausend«, murmelte er, während er sich dicht an der Wand weiterschob, auf das erste Fenster zu.

Zu hören war nichts.

Selbst von seinen Partnern hörte Jerry nichts.

Noch einmal drehte er sich um.

Sein Blick glitt zurück, und er sah in der Ferne das Filmteam versammelt. Gebannt starrten sie in die Geisterstadt, um zu erleben, wie die drei Geisterjäger ihre Arbeit erledigten – und ob es ihnen überhaupt gelang, das Ghost Valley wieder sicher zu machen.

Den letzten Meter schob er sich vor, Jerry holte noch einmal tief Luft und peilte durch die Scheibe.

Schräg blickte er in das Office hinein.

Leer!

Jerry wollte sich schon enttäuscht zurückziehen, als ihm etwas auffiel. Genau dort, wo der Gang begann, der zum Jail führte, sah er eine Bewegung. Zuerst glaubte er, sich getäuscht zu haben, bis er entdeckte, daß dort eine Gestalt stand.

Ein Geist!

Grün schimmerte er in seinen Umrissen. Er bewegte seinen Kopf, als würde er sich mit jemandem unterhalten, den Jerry allerdings nicht sehen konnte.

Vielleicht saß jemand am Schreibtisch?

Um das überprüfen zu können, hätte Jerry Kent direkt vor die Scheibe gemußt, und das wollte er nicht. Er rechnete sich eine bessere Chance aus, wenn er den anderen überraschen konnte.

Deshalb zog er sich wieder zurück, betrat die Mainstreet, ging einige Schritte vor und baute sich so auf, daß er gegen die Tür des Office schauen konnte.

»He, Sheriff!« rief er mit lauter Stimme. »Komm raus, wenn du kein Feigling bist!«

Nichts regte sich.

Jerry verzog das Gesicht. »Soll ich dich holen, du komisches Gespenst? Oder hat ein Typ wie Wyatt Earp plötzlich Angst gekriegt? Hättest du eine Hose an, wäre die schon längst voll, wie?« Jerry lachte über seine eigenen Worte. Er hoffte, provozierend genug gewesen zu sein, um den anderen locken zu können.

Der ließ sich Zeit.

Allmählich wurde Jerry sauer. Er packte seine Laser-Kanone fest, gab sich einen Ruck, richtete die

Mündung auf die Tür und sagte: »Wenn du nicht kommst, dann hole ich dich! Warte nur ...«

Er hatte es tatsächlich vor und war schon einen Schritt gegangen, als sich die Tür bewegte.

Langsam wurde sie nach außen gedrückt. Sehr häßlich knarrte sie in den Angeln. Zudem schleifte sie noch mit ihrer unteren Seite über den Boden.

Bis zum Anschlag wurde die Tür aufgestoßen.

Jerry Kent bekam freie Sicht in das Office und auf die beiden Geistgestalten.

Ja, es waren zwei.

Einmal Wyatt Earp, und der andere neben ihm, in diesem altmodischen Bratenrock, dem typischen Kleidungsstück der Spieler, mußte sein lungenkranker Freund Doc Holliday sein. Er trug einen Kreuzgurt mit zwei Revolvern.

Earp stand vor dem Doc. Er sah so aus, wie man ihn von historischen Fotos und aus Western-Filmen kannte, und Jerry, der mit dem Auftauchen gerechnet hatte, mußte zweimal schlucken, als er die beiden Burschen sah. Das waren Geister.

Durchscheinend und trotzdem kompakt und beide bewaffnet. Jerry fragte sich, ob sie ihre Kanonen auch einsetzen konnten. Jedenfalls entschloß er sich, keinen Rückzieher zu machen, sondern voll am Ball zu bleiben, denn Forschheit war noch immer die beste Selbstverteidigung.

»Ihr seid ja doch nicht so feige!« fuhr er die beiden an. »Los, kommt auf die Straße, damit wir es ausschießen können. Soll schließlich stilecht sein, ihr Helden.« Während seiner Worte ging Jerry langsam zurück, den Doc und den Sheriff dabei stets im Auge behaltend.

Earp hatte seine Weste zur Seite geschoben. Auf der linken Brustseite sah Jerry den Stern. Ohne eine

Antwort zu geben, setzte sich Wyatt in Bewegung. Kein Laut entstand, als er aus dem Office schwebte. Er befand sich jetzt auf dem Stepwalk und schuf damit Platz für den Doc. Auch der kam lautlos.

Seine trotz der Transparenz knochig wirkenden Hände lagen auf den Kolben der Revolver. Er war bereit, die Schießeisen jeden Augenblick zu ziehen, aber er ließ sich Zeit. Wahrscheinlich wollte er sich erst noch richtig in Position bringen.

Jerry Kent hatte im Kino immer sehr gut achtgegeben. Etwas breitbeinig hatte er sich aufgebaut. Mit beiden Händen hielt er die Laser-Kanone fest, der rechte Zeigefinger lag am Abzug.

Um seine eigene Furcht ein wenig zu überbrücken, pfiff er ein Liedchen. Den Yankee-Doodle.

»Na kommt schon, ihr Knilche«, sagte er.

Auch der Doc hatte die Straße erreicht. Er befand sich noch rechts von Jerry, während Wyatt Earp ihm direkt gegenüberstand.

»Wißt ihr, weshalb ich hier bin?« fragte er. Als er keine Antwort bekam, gab er sie selbst. »Um euch auf die lange Reise zu schicken. Es ist nämlich mein Job, mit Geistern aufzuräumen.«

Er bekam immer noch keine Antwort.

»Los, Doc, stell dich neben Wyatt. Ich will euch beide mit einem Schuß erledigen können.«

»Chikaze wird dich fressen!« Earp hatte die Worte gesprochen, und Jerry horchte auf.

»Chikaze? Ist er schon da?«

»Ja«, erklang es zischelnd.

»Wo denn?«

»Im Berg. Da ist sein Grab, da ist er erwacht. Unheil geschah fern von hier. Chikaze muß einfach kommen, um seinen Bruder zu rächen. Ihr wart es, die ...«

»Genau, Wyatt, wir waren es. Meine Freunde und ich haben dafür gesorgt, daß der Bruder nicht mehr schleimen kann. Auch Chikaze wird vernichtet.«

»Er hat viele Helfer.«

»Soll er ruhig. Wir sind auch nicht von gestern. Erst erledige ich euch, dann kommen die anderen an die Reihe, und Chikaze hebe ich mir für den Schluß auf. Sagt noch eins. Wer von den legendären Western-Gestalten wird mir noch begegnen?«

»Unser Freund Buffalo Bill wartet noch.«

»Und wo?«

»Das wirst du erleben«, erwiderte Wyatt gerade so laut, daß Jerry ihn auch verstehen konnte.

In diesem Augenblick zog der Doc.

Jerry hatte natürlich darauf geachtet. Daß der Doc so schnell sein würde, überraschte ihn trotzdem Er vergaß, selbst abzudrücken, schaute in die Mündungen der beiden Revolver, aus denen plötzlich etwas hervorschoß, das bei Jerry Schreckensvisionen hervorrief.

Schleim!

Weißgrüner, widerlicher Schleim, wie er ihn schon von anderen Geistern kannte, und das Zeug schoß auf ihn zu wie eine gewaltige Schlange, denn beide Schleimhälften vereinigten sich dicht vor seiner Brust, und Jerry bekam die Ladung voll mit.

Der Aufprall schüttelte ihn nicht nur durch, er trieb ihn auch einige Schritte zurück. So bekamen die beiden Geistwesen Gelegenheit, sich neu zu formieren und einen neuen Angriff zu starten.

Sie huschten zur Seite. Auch Wyatt hatte einen Revolver gezogen. Er schoß aber nicht auf Jerry, sondern zielte auf den Stützpfosten eines Vordachs in Jerrys Nähe.

Auch diesmal traf die Ladung.

Jerry hörte noch das Klatschen und auch das verdammte Knirschen, das entsteht, wenn Holz bricht. Da er in der unmittelbaren Nähe stand, war er sich auch der Gefahr bewußt, in der er plötzlich schwebte. Von einem herabfallenden Dach wollte er nicht begraben werden. Obwohl er mit Schleim bedeckt war, sprang er zur Seite, merkte, daß das Zeug wie Kaugummi klebte, drehte den Kopf und schaute zu, wie das Dach der Veranda einkrachte.

Mit einem donnernden Getöse schlug es auf dem Boden auf. Der Staub wühlte sich in die Höhe, er nahm Jerry die Sicht auf Doc Holliday, aber Wyatt konnte er sehen.

Auf der gegenüberliegenden Seite wollte er in die Deckung eines Fasses huschen.

Jerry wurde wütend. »Ich werde euch helfen, hier herumzuschleimen!« brüllte er, während er das Faß ins Visier nahm, kurz zielte und abdrückte.

»Aaaahhh!« Sein Schrei begleitete den gekrümmten Lichtbogen, der voll in das Ziel einschlug. Das Faß geriet in Brand, und auch Wyatt Earp fing Feuer.

Jerry hörte ihn kreischen. Wie eine Furie schoß der Geist des ehemaligen Sheriffs in die Höhe, drehte sich spiralförmig dem dunkler gewordenen Himmel entgegen und schaffte es trotz allem nicht, sein Ziel zu erreichen, denn in Höhe der Dächer explodierte er, so daß die Fetzen nach allen Seiten davonflogen.

Jerrys Lachen gellte über die Straße. »So, einen habe ich! Wo steckst du, Doc? Ich will dir auch einen verpassen! Du hast mich eingeschleimt. Das kannst du mit jedem anderen machen, aber nicht mit Jerry Kent! Hast du gehört?«

Eine Antwort gab der Doc nicht. »Hast dich versteckt, wie?« schrie Jerry. »Los, zeig dich endlich, damit ich dich umpusten kann, du verdammter Schleimer.«

Rauch trieb Jerry entgegen. Er stammte vom brennenden Faß, das in zahlreiche Einzelteile zerfallen war, die vor sich hin kokelten. Wo konnte der Doc nur stecken? Jerry überlegte verzweifelt. Ja, es gab genug Verstecke in den Häusern und Buden, aber Jerry glaubte, daß sich der Doc wieder ins Sheriff's Office zurückgezogen hatte.

»Ich hole dich!« brüllte er und schoß.

Während das Laserlicht als gezackter Strahl aus der Mündung fauchte, schwenkte Jerry die Waffe, so daß er die gesamte Hausbreite abfauchen konnte.

Das Holz war trocken. Es stand blitzschnell in Flammen. Explosionsartig lösten sich die Bretter und fegten als glühende Teile auf die Straße. Jerry hatte das Gefühl, als wäre dies der Anfang vom Ende. Wenn eine Bude richtig brannte, würde sehr bald die gesamte Geisterstadt abgefackelt sein.

Er schritt zurück bis auf die Mitte der Mainstreet und blieb dort stehen.

Keiner zeigte sich.

Er wußte, daß es zumindest noch zwei Gegner waren. Einmal der Doc, zum anderen dieser Buffalo Bill, von dem er bisher noch nichts entdeckt hatte.

Das paßte ihm überhaupt nicht.

Er dachte wieder an den Schleim, verzog das Gesicht, schaute in die Höhe und sah auf einem der Dächer gegenüber eine Bewegung.

Das war Doc Holliday!

Er stand dort, hielt beide Revolver in Anschlag und wurde von Qualmwolken des brennenden Hauses umweht.

Jerry hielt voll drauf. »Du schleimst nicht mehr!«

schrie er gegen das Prasseln der Flammen an. »Du nicht mehr, verdammter Unhold!«

Er traf auch.

Aus dem Geist des Doc Holliday wurde eine schattenhafte, grüne Gestalt, die vom Dach her gen Himmel fuhr, kreischte und sich platzend auflöste.

In den Triumph mischte sich bei Jerry die Sorge um das brennende Hausdach. Noch hatte das Feuer nicht übergegriffen. Aber wenn, dann war nicht nur Buffalo Bill, der angeblich noch herumgeistern sollte, gefährdet, sondern auch seine Partner.

Destiny und Brody Parker waren in den Saloon gegangen. Gehört oder gesehen hatte Jerry nichts mehr von ihnen. Sie mußten sich irgendwo verborgen halten oder waren noch drinnen. Aber hatten sie denn den Lärm nicht gehört? Jerry wurde unruhig. Na klar, ohne ihn kamen die beiden bestimmt nicht zurecht.

Das Prasseln der Flammen wurde leiser. Ein paar Funken wurden noch in seine Nähe geweht, das war alles.

Dafür vernahm er andere Laute.

Ein infernalisches Heulen fegte über die Straße. Im ersten Moment hatte er das Gefühl, ein Jet würde dicht über den Bergkuppen hinwegjagen, bis er feststellte, woher dieses Geräusch tatsächlich drang.

Aus dem Saloon.

Jerry wurde bleich.

Im Saloon tobte die Hölle. Er mußte hin.

»Okay, ihr Schleimer, ich werde euch schon kennenlernen«, redete sich Jerry Mut zu. Entschlossen ging er auf die Pendeltür zu, deren beide Hälften zitterten, als hätten sie von innen her vollen Druck bekommen.

Das war auch der Fall.

Selbst Jerry wurde überrascht. Er konnte nur mehr einen Arm hochreißen, um sein Gesicht zu schützen, denn im nächsten Augenblick jagte die Geisterhorde aus dem Saloon und war blitzschnell bei und über ihm …

Jetzt verschluckt dich die Hölle!

Dieses Gefühl hatte Destiny, als die Reise plötzlich abwärts ging und sie auch Brodys Schreien hörte. Er war vor ihr in der Dunkelheit verschwunden und ebenfalls in ein Loch gestürzt, über dessen Tiefe sie nur spekulieren konnte.

Dann hörte Destiny das Klatschen.

Wasser, dachte sie noch, bevor es auch sie erwischte. Sie tauchte mit den Füßen zuerst ein in die eiskalte Brühe, die einen Lidschlag später über ihr zusammenschlug.

Wenn dich die Tiefe verschluckt, kommst du da nie mehr raus! dachte sie. Mit einer Hand führte sie Schwimmbewegungen aus, in der anderen hielt sie immer noch die Kanone umklammert. Sie war eine gute Schwimmerin, erreichte die Oberfläche wieder und rief nach Brody.

»Willst du mir das Trommelfell zerreißen?« knurrte Brody.

Destiny erschrak so sehr, daß sie das Schwimmen vergaß und untertauchte. Mühsam kam sie hoch, spie Wasser und erkundigte sich keuchend, ob Brody okay wäre.

»Fast.«

»Wirklich?«

»So gut wie. Aber ich hasse dieses kalte Wasser, weißt du. Ich liebe es poolwarm …«

»Fällt dir etwas auf, Brody?«

»Ja, das Wasser ist naß.«

»Nein, unsere Stimmen. Die hallen so nach. Ich vermute, daß wir uns in einer unterirdischen Berghöhle befinden, zudem in einem Bergsee.«

»Ich kann nicht gut schwimmen«, sagte Brody kleinlaut.

»Dann schwimm doch ans Ufer.«

»Und wo bitte geht es zum Ufer?«

»Mir nach.«

Die beiden konnten sich wenigstens schattenhaft erkennen, denn durch das hoch über ihnen liegende Loch fiel graues Licht in die Tiefe, das allerdings noch vor der Seeoberfläche versickerte.

Destiny schwamm vor. Brody versuchte, sich neben ihr zu halten, aber das gelang ihm nicht. Er war einfach zu schlecht. Zudem zog der Energie-Tornister auf dem Rücken wie Blei.

»Schaffst du es, Brody?«

»Ich ... ich ... ver ...« Der Rest des Satzes wurde von einem Blubbern verschluckt, weil Wasser in seinen Mund gedrungen war. Mit wilden Paddelbewegungen schaffte es Brody, sich an der Oberfläche zu halten und Destiny zu folgen.

Aber die Zeit kam ihm lang vor. Seine Kräfte erlahmten allmählich. Es kostete ihn immer mehr Kraft, sich an der Oberfläche zu halten.

Plötzlich stieß Destiny einen Jubelschrei aus. »Ich spüre Grund, Brody! Wir haben es geschafft.«

Brody drückte seine langen Beine nach unten, konnte ebenfalls den Boden ertasten und bewegte sich mühsam voran. Er spürte die Steine unter seinen Schuhsohlen, sah Destiny nicht mehr, dafür jedoch einen zuckenden Lichtschein, der nicht nur das Wasser traf, sondern auch sein Gesicht und ihn blendete.

Destiny hatte die Taschenlampe hervorgeholt und eingeschaltet.

Sie leuchtete in die Runde.

Brody strampelte sich an Land; es war dickes Geröll, auf das er sich prustend und keuchend niederließ.

»Geschafft«, stöhnte er. »Ich dachte schon, mein letztes Stündchen hätte geschlagen.«

»Ja, es war verdammt knapp, Brody.«

Brody nickte. »Siehst du was?«

»Ja.«

»Was denn?«

»Viel Höhle.«

»Kluges Mädchen. Bei solchen Antworten wird mir klar, wie wichtig es ist, daß du zu unserem Team gestoßen bist.«

Destiny streckte ihm die Zunge heraus. »Ich sehe einen Stollen.«

»Und wo führt der hin?«

»Entweder tiefer in den Berg oder nach draußen.«

»Tolle Antwort.«

»Idiotische Frage.« Destiny stieß Brody mit dem Fuß an. »Steh auf. Wir müssen in den Stollen hinein.«

Brody erhob sich ächzend. Wasser rann aus seiner Kleidung und bildete an den Füßen eine Lache. Erst jetzt, im Schein ihrer Taschenlampe, nahm er wahr, daß Destinys Armeehemd durch die Nässe wie eine zweite Haut an ihrem Körper klebte. Er pfiff leise. »Toll«, sagte er. »Du solltest dich wirklich nicht immer unter unserer Uniform verstecken. Dafür bist du viel zu schade.«

Destiny richtete die Taschenlampe wieder in den Stollen. »Nun unterdrück mal etwas deine erotischen Gefühle und denk an unsere Aufgabe.«

Sie mußten den See umrunden. Auch Brody hatte seine Taschenlampe hervorgeholt. Die beiden Lichtlanzen vereinigten sich und glitten über die feuchten

Innenwände der großen Höhle. Destiny senkte die Hand mit der Lampe. Sie schickte den Strahl auf den Stollen zu. »Da müssen wir rein.«

Brody nickte und blieb stehen. »Warte mal, Destiny, ich muß nachdenken.«

»Über was?«

»Über unsere Lage.«

»Und wie sieht die aus?« fragte Destiny.

Brody zögerte. »Nicht gut«, sagte er dann. »Die Geister haben uns im Saloon ganz schön reingelegt. Dein Geistersuchgerät ist zwar effektiv, aber im Kampf gegen die Biester hilft es nicht. Und unsere Waffen ...«

»Das Wasser war nicht gut für die Geräte. Stimmt's?« fragte Destiny.

»Das gebe ich zu.«

»Und wie sieht es mit unseren Laser-Kanonen aus?«

»Die werden das alles überstanden haben.«

»Da bist du dir sicher?« hakte Destiny noch einmal nach.

»Klar doch. Schließlich habe ich das Projekt entwickelt und erfunden. Das ist immer etwas Besonderes.«

»Dann verlasse ich mich mal auf dich.«

»Das kannst du nicht nur, das mußt du auch. Ab jetzt übernehme ich die Führung.«

»Klar, so was läßt sich doch ein Brody Parker nicht gefallen, daß eine Frau ihn beim Schwimmen kalt erwischt hat.«

Brody grunzte nur. Er hakte seine Lampe am Gürtel fest, da der Lichtschein ihm den Weg weisen sollte. Wenn die Lampenstrahlen über die Wände geisterten, sahen sie die Feuchtigkeit, die sich dort abgesetzt hatte. Risse, Spalten und Einschnitte wechselten sich ab mit nasenartigen Vorsprüngen oder kleinen Ecken.

Vor ihnen öffnete sich der Gang. Brody leuchtete hinein. Der Lampenstrahl verlor sich in der Finsternis.

»Ist der lang«, flüsterte Destiny.

»Um so schneller müssen wir gehen.«

Die beiden zögerten nicht länger. Sie tauchten ein in den Stollen und mußten schon sehr bald ihre Köpfe einziehen, da sich die Decke immer mehr senkte. Zuerst gingen sie gebückt, und schließlich bewegten sie sich auf allen vieren weiter. Da Brody schwerer und dicker war, fiel ihm das Robben nicht so leicht.

»Ist gut, daß du mich nicht hast vorgehen lassen«, lästerte Destiny. »Du hättest mich bestimmt schon längst aus den Augen verloren.«

Zu Brodys Erleichterung wurde der Stollen bald wieder breiter und höher. Sie konnten wieder normal laufen und stellten fest, daß der Gang in eine weitere Höhle mündete.

An deren Rand blieben sie stehen.

Beide staunten, als das Licht ihrer Lampen über den großen Steinhaufen glitt, der sich ungefähr in der Mitte der Höhle befand.

»Verstehst du das, Destiny?« fragte Brody verdutzt.

»Nein.«

»Aber das muß etwas zu bedeuten haben. Du könntest es dir mal ansehen.«

»Warum ich?«

»Weshalb nicht?«

Destiny ging. Brody folgte ihr langsamer. Er war nervös geworden, sah plötzlich eine Bewegung gegenüber an der Felswand, riß die Laser-Kanone hoch und schoß.

Der grüne Lichtbogen zerteilte die Schwärze, tanzte über die Wand und bildete dort ein zuckendes Muster, das schnell wieder verschwand, als sich Destiny über Brodys Reaktion aufregte.

»Bist du denn blöd geworden?«

»Ich dachte, da wäre etwas gewesen.«

»Das war nur mein Schatten.«

»So was solltest du mir vorher sagen.«

Destiny schlich um den großen Steinhaufen herum wie die Katze um den heißen Brei. Brody kam zögernd näher. Er sah, daß Destiny stehengeblieben war und zu ihm schaute.

»Hast du was?«

»Ja, Brody. Ich habe es gefunden.«

»Was?«

»Diese Steine müssen eine besondere Funktion erfüllt haben ...« Destiny fuhr sich mit gespreizten Fingern durchs Haar. »Ja, das müssen sie. Ich kann mir auch schon vorstellen, welche.«

»Und?«

»Das war einmal ein Grab.«

»Für wen?«

»Ich kann mir vorstellen, wer hier mal gelegen hat. Das ... das rieche ich förmlich.«

»Ein Stinktier etwa?«

»Witzbold!« schimpfte Destiny. »Das Grab muß eine wichtige Persönlichkeit beherbergt haben. Brody, du geistiger Nichtschwimmer, streng deine Gehirnmuskeln an. Wozu haben deine Eltern dich studieren lassen?«

»Weiß ich auch nicht. Ich könnte mir vorstellen, daß unser geheimnisvoller Chikaze da gelegen hat.«

»Der Kandidat hat 99 Punkte!« rief Destiny.

»Klar, Destiny, du bist die Größte – falls du es schaffst, den lieben Chikaze zu fangen.«

»Das müßten wir dann.«

»Richtig. Und wo und wie?«

»Hast du keine Idee?« fragte Destiny.

Brody leuchtete mit der Lampe einen weiteren Stolleneingang ab. »Da müßten wir hin. Denn hier ist der Kerl ja nicht mehr.«

»Sehr richtig!« lobte Destiny.

Wieder begann das gleiche Spiel. Diesmal hatten sie es besser, denn die Decke blieb in einer Höhe, zudem verbreiterte sich der Stollen noch an einigen Stellen, wenn Quergänge und Nischen abzweigten.

Destiny blieb plötzlich stehen und schnüffelte.

»Holz, Brody, so riecht Holz.«

»Und was heißt das?«

»Daß wir in einem Stollen gelandet sind, den man erst vor kurzem ausgebaut hat. Schau dir die Stützbalken an.« Destiny schlug mit der flachen Hand dagegen. »Das ist alles neu, das riecht frisch.«

»Dann müssen die Knaben vom Filmteam hiergewesen sein.«

»Und was bedeutet das?« fragte Destiny wie in einem Quiz im Fernsehen.

Brody grinste von Ohr zu Ohr. »Wir werden einen Ausgang finden«, sang er, bevor er fürchterlich niesen mußte und Angst hatte, daß durch dieses explosionsartige Geräusch fast die Decke eingestürzt wäre.

»Reiß dich doch zusammen!« beschwerte sich Destiny. »Jetzt weiß jeder, daß wir da sind.«

»Und wen meinst du damit?«

»Chikaze und seine Freunde.«

»Die ich nocht nicht gesehen habe.«

»Das kann noch kommen.«

Angst spürten die beiden nicht mehr. Die Filmleute

hatten den Stollen nicht nur gut abgestützt, sie hatten die Gänge verbreitert, und in den Nischen hatte der Pyrotechniker bereits seine Feuerwerkskörper hingelegt. Wahrscheinlich sollte ein Teil gesprengt werden.

Noch war es ruhig.

Bis die Stimme erklang.

Auf einmal war sie da, und sie wehte wie ein finsterer Hauch durch den Gang, bevor sie verhallte. Aber da hatten die beiden schon genug gehört.

»Ihr seid in mein Reich eingedrungen. Chikaze wird kein Erbarmen kennen. Er vernichtet jeden Gegner. Jeden …«

Noch trennten sie mehrere Schritte. Destiny ging auf Brody zu, als wollte sie bei ihm Schutz suchen. »Hast du … hast du das gehört, Brody?«

»Bin ja nicht taub.«

Destiny ließ den Strahl ihrer Lampe kreisen. »Ich sehe ihn aber nicht, Brody. Der hat sich versteckt.«

Irgendwo knisterte es, als würde Holz brechen. Sie schauten sich erschreckt an, dann tauchte Brody in eine Nische und leuchtete sie aus.

»Hier rieselt es.«

»Was denn?«

»Das Gestein oder der Staub. Verdammt, der Balken wackelt auch schon.«

Schnell wie ein Irrwisch tauchte Brody aus der Nische. Gerade noch rechtzeitig, denn einer der Balken hatte zuviel Druck bekommen. Das Knirschen wurde lauter, plötzlich brach der Balken in der Mitte auseinander, und erste Steine prasselten zu Boden.

Die Partner verschwanden so schnell wie möglich und stießen sich gegenseitig weiter.

Besorgt schauten sie zur Decke, aber über ihnen blieb noch alles heil, nur hinter ihnen wallte der

Staub durch den Gang und breitete sich in zwei Richtungen aus.

Brody leuchtete in die Wolke. »Destiny, ich sehe was!«

»Wo?«

»In der Wolke.«

»Ehrlich? Was denn?«

»Einen Geist!«

Auch Destiny leuchtete, zuckte zusammen und legte wie schützend eine Hand auf Brodys Schulter.

Chikaze war es nicht. Eine andere Gestalt, die sie schon einmal gesehen hatte. Und zwar auf Fotos oder Zeichnungen. Einen großen Hut trug der Geist, dazu braune Lederkleidung, mit Fransen besetzt. Der Rock reichte bis an die Oberschenkel.

Das Gesicht unter der Hutkrempe war schmal. Es wurde von zwei Bärtchen geziert, einer auf der Oberlippe, der zweite Bart besaß die Form eines Dreiecks und wuchs am Kinn.

»Weißt du, wer so aussieht und wer auch immer eine so große Flinte getragen hat, Brody?«

»Ich glaube, das war Buffalo Bill.«

»Richtig, der ist es auch.«

Brodys Stirn legte sich in Falten. »Und was machen wir jetzt?«

»Na, was wohl?« fragte Destiny spitz. »Was tun Geisterjäger, wenn sie einen Geist sehen?«

»O Scheiße, das paßt mir gar nicht«, jammerte Brody.

»Wieso denn nicht?«

»Für Buffalo Bill habe ich als Junge immer so geschwärmt ...«

Die Horde kannte kein Erbarmen!

Jerry Kent fühlte sich plötzlich inmitten eines Hexenkessels. Um ihn herum tobte und heulte es, als hätte die Hölle all ihre Pforten geöffnet, um beweisen zu können, wie stark sie war.

Jerry konnte sich nicht mehr auf den Beinen halten. Die Gewalt riß ihn einfach um, er fiel auf den Rücken, rutschte noch durch den Staub und schleuderte die Beine in die Luft. Er spürte den Druck des Energie-Tornisters, hatte die Augen aufgerissen, suchte vergeblich den Himmel, denn er war umweht und bedeckt von tanzenden und heulenden Gestalten.

Plötzlich war der Spuk so schnell vorbei, wie er gekommen war. Die Stille kam Jerry unnatürlich vor. Er blieb noch angespannt liegen, weil er zunächst einmal herausfinden wollte, ob er nicht träumte, und setzte sich nach einer Weile auf.

So blieb er, schlang seine Hände um die Knie, hockte mutterseelenallein auf der Mainstreet in der Geisterstadt und schüttelte den Kopf. Der Spuk war verschwunden. Und auch den Obermotz Chikaze sah er nicht.

Gab es den überhaupt? Hatte es auch die Geister gegeben? Er war sicher, daß er sich nicht getäuscht hatte, zudem schwelte das Haus noch. Der fette Qualm wurde vom aufkommenden Wind zum Glück gegen die Felswände geweht.

Kopfschüttelnd erhob er sich und klopfte sich den Staub von seiner Kleidung. »Irgendwie fühle ich mich verarscht«, murmelte er und warf noch einen letzten Blick gen Himmel.

Doch, da hatte sich etwas verändert.

Über der Geisterstadt lag ein fahler, grüner Schein wie eine dünne Decke, die sich über der Geisterstadt ausgebreitet hatte.

Ich muß in den Saloon, dachte Jerry. Die Sorge um Destiny und Brody wuchs. Er warf noch einen Blick auf das brennende Haus des Sheriff's Office.

Das Feuer breitete sich nicht aus, es blieb auf eine Stelle konzentriert. Hier ist wohl alles verhext, dachte Jerry. Möglicherweise wollten es die Geister auch nicht, daß die Geisterstadt abbrannte.

»Ich kriege euch noch«, versprach er, streckte seinen Körper, holte tief Luft und betrat den Saloon.

»He, ihr mit eurem faulen Zauber! Hier kommt Jerry Kent, der Geisterjäger aus London! Ich werde euch die Ohren langziehen, ihr Schleimer, und euch danach einschmelzen ...«

Es hätte der Worte nicht bedurft, um sich Mut zu machen, denn Jerry schaute in einen leeren Saloon.

Keine Spur von seinen Freunden, aber er sah das Chaos. Ein zerstörtes Klavier, umgeworfene Tische und Stühle und das große Loch im Boden des Saloons, wo einmal die Theke gestanden haben mußte.

Jerry wurde bleich. Vorsichtig ging er auf das Loch zu. Als er dessen Nähe erreichte, spürte er schon, daß die Bohlen unter seinem Gewicht nachgeben wollten.

Jerry ging auf Nummer Sicher. Er war inzwischen fest davon überzeugt, daß dieses Loch im Boden seine Freunde Destiny und Brody »geschluckt« hatte. Trotz der Gefahr wollte er nachschauen.

Er legte sich auf den Bauch. So sorgte er für eine bessere Gewichtsverteilung. Er schob sich näher an den Lochrand heran, bis er über den Rand hinweg in die Tiefe des Schachts schauen konnte.

Er sah – nichts!

Keine Spur von seinen Freunden. Nur die Dunkelheit, die auf ihn plötzlich gefährlich wirkte. Aber er sah auch eine Bewegung. Genau dort, wo die Finsternis endete, glaubte er ein Zucken oder Blitzen erkennen zu können. Es dauerte eine Weile, bis Jerry die Lösung gefunden hatte.

Dorten unten mußte Wasser sein.

Kalt rann es über seinen Rücken. Wenn dort ein unterirdischer See lag und seine Freunde hineingefallen waren, sah es böse für sie aus. Jerry kannte Brodys Schwimmkünste. Der paddelte wie ein junger Hund, den man in einen Teich geworfen hatte.

Jerry rief die Namen.

Er schrie sich fast die Kehle aus dem Hals, hörte das hohle Echo seiner Stimme, aber eine Antwort bekam er nicht.

Jerry robbte vorsichtig zurück. Seine Gesichtshaut sah aus wie kaltes Hammelfett. »Verdammt!« keuchte er mit erstickter Stimme. »Das ist ein Wahnsinn. Das ist verrückt. Brody! Wir haben so lange zusammen gekämpft, ihr könnt mich doch jetzt nicht im Stich lassen, ihr verfluchten Hundesöhne!« Er schrie noch einmal und bekam wieder keine Antwort. »Destiny! Wo bist du?«

Wütend und ängstlich zugleich ging er zurück.

Sein Blick glitt durch die leeren Regale an der Wand und fiel auf einen zerbrochenen Spiegel.

»Sieben Jahre Pech«, keuchte er. »Das hat schon angefangen. Nicht einmal etwas zu trinken bekommt man in diesem verdammten Laden. Hier hätte Whisky hingehört ...« Jerry winkte ab, stemmte sich weg und näherte sich wieder dem Ausgang.

Seine Laser-Kanone hielt er schußbereit. Wenn ihm jetzt jemand in den Weg treten würde, der bekäme die ganze Ladung, nahm sich Jerry vor. Er trat mit wütenden Bewegungen zwei Stühle zur Seite und hämmerte gegen einen Tisch.

Dann ging er zum Ausgang.

Die beiden Hälften der Schwingtüren zitterten noch immer. Jerry konnte über sie hinwegschauen, blickte auf die gegenüberliegende Häuserfront und sah dort eine Bewegung.

Nein, nicht nur da, auch auf der Straße.

Plötzlich hielt ihn nichts mehr. Er wurde schnell wie selten in seinem Leben und rammte mit einer einzigen Bewegung die beiden Hälften der Schwingtür auf. Er kannte jetzt den Trick, sprang schnell vor, um von den zurückschwingenden Hölzern nicht in den Rücken getroffen zu werden.

Jerry blieb stehen.

Er wollte es eigentlich nicht. Da war ein Zwang, der ihn so handeln ließ.

Vor Überraschung wurde er noch bleicher.

Die Stadt hatte sich verändert. Sie lebte, denn in ihr befand sich ein Heer von Geistern ...

Destiny schwieg einige Sekunden, bevor sie mitleidvoll ihrem Freund die Hand auf die Schulter legte und fragte: »Du hast ihn geliebt?«

»Ja, Destiny!« sagte Brody mit erstickter Stimme.

»Dann kill ihn trotzdem!« fauchte Destiny so laut, daß Brody heftig zurückzuckte.

»Du bist wahnsinnig.«

»Nein, aber sonst wird er uns killen oder uns unter diesem verdammten Gestein begraben. Der ist gefährlich. Der killt nicht nur Büffel, diesmal sind wir dran!«

Brody lehnte sich gegen einen Stützpfosten. Er schüttelte den Kopf. Seine Augen wurden sogar ein bißchen feucht. »Ich ... ich kann es einfach nicht. Das mußt du verstehen, Destiny. Er ... er hat mir damals alles bedeutet. Ich lebte für ihn. Er schoß so gut. Jeder

Schuß ein Treffer. Ich habe seine Abenteuer verschlungen ...«

»Ja, der hat die Büffel abgeknallt. Aber ich will hier kein Büffel sein, ich habe die Nase voll. Wir müssen ihn erledigen.« Destiny klopfte ihm tröstend auf die Schulter. »Ich kann dich ja verstehen, Junge ...«

»Ehrlich, Destiny?«

»Klar.«

»Du bist ein guter Kumpel.«

»Und weil ich so ein guter Kumpel für dich bin, lege ich ihn jetzt um!«

»O Destiny, du ...« Brody trat einen halben Schritt vor, überlegte es sich und drehte den Kopf zur Seite. »Nein, ich kann nicht hinsehen. Mach, was du willst, Schwester. Aber ohne mich.«

»Bleib mit deinem Schmerz allein, Partner«, erklärte Destiny feierlich. »Ich werde ihn für dich erledigen. Das bist du mir wert.«

Noch hatte sich der Geist nicht bewegt. Er stand wie ein Denkmal in der noch immer wallenden Wolke, aber er hatte sein Gewehr leicht angehoben, und es sah so aus, als wollte er abdrücken.

Destiny grinste ihn an. »Es tut mir nicht einmal leid, du alter Killer«, erklärte sie.

Dann krümmte sie den Zeigefinger!

In das weiße Licht der beiden eingeschalteten Taschenlampen hinein stach der grüne, gekrümmte und zackige Strahl aus der Laserkanone. Er stach messerartig in die Staubwolke hinein und zog ein Muster vom Hals bis zum Gürtel des Geistes.

»Jaaa!« rief Destiny. »So ist es richtig. Jetzt gehst du auf Tauchstation. Auf Nimmerwiedersehen!« Sie schaute zu, wie der Geist sich auflöste, zu einem fauchenden Etwas wurde, das gegen die Decke des Stollens prallte und in Fetzen davonwirbelte.

Aber die Sache bekam noch ein Nachspiel. Destiny blieb der Jubelschrei im Hals stecken, als sie sah, daß der Laserstrahl sich gegen sie richtete. Er hatte die Gestalt durchschlagen, tanzte über die Stollenwände und erfaßte zwei Holzbalken.

Das Licht brannte sich hinein, verkohlte das Holz und setzte es gleichzeitig in Flammen.

Destiny sah, was sie angerichtet hatte, und sie wußte auch, daß sich so ein Feuer verdammt schnell ausbreiten konnte, denn die roten Zungen huschten an dem Stützbalken in die Höhe und erreichten an der Stollendecke bereits die ersten Querverstrebungen.

Das wurde gefährlich ...

»Brody, ich glaube, ich habe ...«

»Ist er tot?«

»Ja, Brody.«

»O großer Lord.« Brody schüttelte den Kopf. Beide Hände hielt er gegen sein Gesicht gepreßt. Die Lampe hatte er festgehakt, und er hielt auch nicht mehr das Rohr seiner großen Laser-Kanone fest. Es baumelte an seiner rechten Körperseite herab.

»Mensch, Brody!«

»Laß mich in Ruhe. Ich bin in Trauer.«

»Brody, es brennt!« Destiny war bei den Worten Rauch in den Mund gedrungen. Sie fing an zu husten.

Brody stand plötzlich steif. Sehr langsam löste er seine Handfläche vom Gesicht, drehte den Kopf nach links, schaute zuerst Destiny an und schließlich an ihr vorbei.

Da sah er die Flammen!

»Es brennt!« rief er.

»Verdammt, das hab ich doch gesagt!«

»Und jetzt?«

»Hauen wir ab.«

»Das warst du, nicht?«

»Ja, aber ich konnte nichts dazu. Ich mußte Buffalo doch killen. Der Strahl ist weitergegangen und hat den Balken in Brand gesetzt. Mist!«

»Du hättest nicht schießen sollen.«

Destiny keuchte, winkte nur ab und stieß Brody in die Seite. »Egal, was du auch denkst, wir müssen hier raus. Weg aus diesem verfluchten Stollen. Verschwinden, abhauen, verstehst du?«

»Ja, ja ...«

Da Brody nicht so recht wollte oder konnte, packte Destiny ihn einfach und schob ihn tiefer in den Stollen hinein, den die flackernden Flammen mit einem Muster aus rotem Licht und düsteren Schatten erhellten, das ihren Weg nachzeichnete, so daß sie die Lampen kaum noch gebraucht hätten. Wie lang der Stollen war, wußten sie nicht. Sie hofften nur, daß sie irgendwann einmal und rechtzeitig genug sein Ende erreichten, um ins Freie zu gelangen.

So stolperten sie weiter.

Der Boden war mit Geröll bedeckt. Das hatten die Filmleute nicht weggeschafft, schließlich sollte die Umgebung auch äußerst echt werden. Die Steine bildeten regelrechte Stolperfallen.

Diesmal erwischte es Destiny. Sie hatte einen größeren Block übersehen, kippte nach vorn und prallte gegen einen Balken, an dem sie sich soeben noch festhalten konnte, während hinter ihnen ein krachendes Geräusch erklang.

Brody stoppte, drehte sich um und leuchtete in ein Chaos hinein. Ein Teil des Stollens war eingestürzt. Umgefallene Balken lagen kreuz und quer zwischen den Felsbrocken, und beides hüllten dicke Staubwolken ein.

Brody bekam Herzklopfen. Ihm wurde klar, daß Destiny ihm das Leben gerettet hatte. Hätte sie nicht so sehr darauf gedrängt, zu verschwinden, wäre Brody noch geblieben und hätte weiter um den Helden seiner Kindheitstage getrauert.

Steine, Balken und Staub hatten es nicht geschafft, das Feuer zu löschen. Wenn die Flammen einmal da waren, dann versuchten sie mit einer zerstörenden Gier, neue Nahrung zu finden, und in diesem verdammten Stollen gab es genug von dem Zeug.

Vor allem gab es die Sprengkörper der Pyrotechniker, die sie in den Nischen gelagert hatten. »Brody, komm weiter. Oder willst du lebendig begraben werden?« drängte Destiny.

Brody schüttelte den Kopf. »Eigentlich nicht. Ich dachte gerade an die Sprengsätze, die ich …«

Destiny riß die Augen weit auf, sie stieß einen spitzen Schrei aus und rannte davon, daß Brody Mühe hatte, sie einzuholen. Beide stolperten keuchend durch den Gang. »Wenn der Mist in die Luft fliegt, werden wir atomisiert«, stöhnte Destiny.

»Ich kann mir einen schöneren Tod vorstellen. Und das alles wegen Buffalo Bill.«

Die beiden hetzten und stolperten weiter. Von Chikaze hatten sie noch nichts gesehen, dafür wurden sie von den Flammen und dem schwarzen Rauch verfolgt, der sie tuchartig umhüllte.

Plötzlich erschien der helle Fleck.

Noch weit vor ihnen, aber gut zu erkennen.

»Der Ausgang!« rief Destiny jubelnd.

Diese Entdeckung gab ihnen mehr Energie und Kraft als zehn Aufputschpillen zusammen. Sie verdoppelten ihre Bemühungen, es war ihnen egal, ob sie stolperten oder nicht, sie wollten nur das Freie erreichen, denn hinter ihnen wüteten die Flammen.

Schon spürten sie die frischere Luft, die ihnen entgegenwehte.

»Jetzt, Brody, jetzt packen wir es! Wir schaffen es!«

Noch schneller wurden sie. Manchmal prallten ihre Körper zusammen, das störte sie nicht, sie sahen die Helligkeit und wurden von ihr geblendet.

Und dann kam die Detonation!

Hinter ihnen war plötzlich die Hölle los. Die Druckwelle erfaßte sie, während der gesamte Stollen zusammenkrachte und kein Balken mehr vorhanden war, der etwas hätte abstützen können.

»Ich fliege, Brody!«

Es war die Druckwelle, die Destiny von den Beinen geholt hatte und nach vorn schleuderte.

Genau dem Ausgang entgegen.

»Denkst du, mir ergeht es besser?« keuchte Brody.

Als hätte sie ein Ungeheuer ausgespien, so wurden sie aus dem Stollen gewirbelt, überschlugen sich noch und krachten zwischen die Felsen, während hinter ihnen alles zusammenbrach und nur mehr dicke Staubwolken aus dem Loch quollen, vermischt mit kleinen Steinen und Splittern, so daß sich die beiden gezwungen sahen, ihre Köpfe zu schützen.

Sie preßten sich bäuchlings auf den Boden, warteten ab, und erst nach einer Weile hob Brody den Kopf an.

»He, mein Kopf ist noch dran!« murmelte er heiser. »Mir war, als wäre ich in den Himmel geflogen.«

»Das kann nicht sein.«

»Wieso nicht?«

»Dann wäre ich auch da«, sagte Destiny. »Aber ich hätte dich nicht getroffen, Brody. Wir sind woanders.«

»Und wo genau?«

Destiny erhob sich. »In der Geisterstadt ...«

12. Kapitel

Ghost Valley war mit Leben erfüllt!

Kein normales Leben, dafür ein gespenstisches, das ohne einen Laut ablief.

Jerry kam aus dem Staunen nicht mehr heraus. Er sah die zahlreichen Gestalten, die Männer, Frauen und Kinder, die Pferde, die beladenen Maultiere, die Zweispänner und auch die Häuser, in denen sich ebenfalls Personen aufhielten.

Das Haus, das durch Jerrys Laserkanone in Brand geraten war, kokelte nur mehr. Der Brand hatte nicht übergegriffen, und um das Haus kümmerte sich niemand. Es schien in einer anderen Zeit zu stehen, wie Jerry auch das Gefühl hatte, ein Bindeglied zweier Zeitströme zu sein.

Er lebte, die anderen nicht. Dennoch bewegten sie sich und gingen ihren normalen Tätigkeiten nach.

»Das ist affenstark«, flüsterte Jerry und wischte sich übers Gesicht. »Der nackte Wahnsinn.« Er schaute nach rechts, denn dort, und weit entfernt, mußte das Filmteam stehen.

Die Leute sah er nicht.

Genau an der Stelle, wo die Mainstreet endete, wallte eine dichte, grüne Wolke, die ihm die Sicht nahm. Er fühlte sich eingeschlossen.

Noch stand er auf dem hölzernen Gehsteig, und er wunderte sich auch, daß niemand in den Saloon wollte. Der wurde ebenso gemieden wie das abgebrannte Haus.

Dafür gingen die Männer in andere Saloons, um dort ihren Whisky zu trinken.

Jerry lachte leise. »Das möchte ich sehen, wenn Geister Whisky trinken.« Er setzte seinen Gedanken sofort in die Tat um und startete. Kaum hatte er die Straße betreten, als aus einer kleinen Gasse zwischen zwei Häusern drei maskierte Reiter hervorpreschten, die allesamt Revolver in den Fäusten hielten und schossen.

»Keinen Schleim!« schrie Jerry. Er wankte zurück, um den Reitern freie Bahn zu lassen.

Jerry war nicht schnell genug. Einer erwischte ihn. Er sah die hochgerissenen Hufe des Pferdes dicht vor sich und bekam seinen Kopf nicht mehr früh genug aus der Gefahrenzone. Normalerweise hätte er mit zerschmettertem Schädel liegenbleiben müssen, doch Jerry spürte nur einen kalten Hauch, dann hatte ihn der Spuk passiert.

Die Reiter schossen zurück. In den Sätteln der Pferde hatten sie sich gedreht und feuerten auf die sie zu Fuß verfolgenden Männer.

Sie trafen auch.

Vor den Mündungen der Revolver blitzte es stets für einen Moment auf, bevor die Verfolger zusammenbrachen und sich im Staub der Straße wälzten. Kein Laut war dabei zu hören.

Jerry stand wieder in Deckung des Vorbaus.

»Euch werde ich es geben!« keuchte er und drehte sich nach rechts. Noch waren die drei Banditen nicht zu weit entfernt.

Jerry schoß und schwenkte seine Laser-Kanone.

Der grüne Strahl wehte von links nach rechts, und er erwischte die drei Flüchtenden gleichzeitig.

Pferde und Reiter hoben ab. Wie Puppen flogen die Banditen vom Rücken der Tiere. Zwei stießen dabei noch zusammen. Sie zerplatzten ebenso wie der dritte Bandit und jagten als grüne Schatten davon.

Ein breites Grinsen zeichnete Jerrys Gesicht. »Wer sagte es denn«, rief er lachend. »Ich kriege sie alle.«

Ihm ging es plötzlich wieder besser. Diese Erfolge hoben seine Laune gewaltig an.

Er sah auch, daß sich die Verfolger von der Straße erhoben. Einer jedoch blieb liegen. Er wurde von den anderen Männern weggetragen und zu einem Haus gebracht, in dem der Totengräber wohnte.

Der Mann hatte alles mitbekommen und sie schon erwartet. Er stand vor der Tür. Obwohl er praktisch nur in seinen Umrissen zu sehen und durchsichtig war, konnte man seine schwarze Kleidung deutlich erkennen. Er hatte auch einen Zylinder auf. Sein hageres Geiergesicht mit der Sattelnase war zu einem erwartungsvollen Lauern verzogen.

Jerry verließ seinen Standplatz. So wie er inmitten der Geister mußte sich auch jemand vorkommen, der von einem anderen Stern zur Erde gedüst war. Jerry empfand sich als Fremdkörper, aber er gewöhnte sich daran, durch Menschen gehen zu können und sie nicht einmal zu berühren.

Er hätte jetzt abfackeln können, aber die Stadt gab sich im Augenblick friedlich. Außerdem wollte er noch seine beiden Partner finden, die sich auch irgendwo aufhalten mußten.

In den alten Westernstädten galt die Regel, daß man nur dann etwas erfuhr, wenn man zum Barbier ging oder in den Saloon. Die Haare wollte sich Jerry nicht schneiden lassen, aber ein Blick in die Kneipe konnte einfach nicht schaden.

Er konnte auf der gleichen Seite bleiben. Als er den Eingang des anderen Saloons erreicht hatte, wurde jemand durch die beiden Schwingtüren geschleudert.

Es war ein dicker Kerl, nur mit einer Unterhose bekleidet. In der rechten Hand hielt er noch einige Karten. Dem hatten sie beim Pokern die Hosen ausgezogen.

Jerry lachte. Wie im richtigen Leben, dachte er. Sekunden später stand er im Saloon.

Auch hier hörte er keinen Laut, obwohl der Laden proppenvoll war. Der Klavierspieler hockte vor seinem Instrument, bewegte seine Finger, spielte, drückte die Tasten, aber einen Laut hörte Jerry nicht. Dennoch tanzten Gäste mit den Animiermädchen. Wahrscheinlich spielten sich die Geräusche und Töne des Geisterreiches in einer Frequenz ab, die für normale menschliche Ohren nicht zu vernehmen war.

Er drängelte sich durch bis zum Tresen. An den Tischen vorbei, an den Stühlen, den Bänken. Er faßte Saloonmädchen an, ohne sie zu spüren. Am Tresen bestellte er sich einen Whisky: »He, Keeper, bring einen Schluck!«

Obwohl Jerry laut gesprochen hatte, bekam er keine Reaktion. Der Mann kümmerte sich nicht um ihn. Er hielt eine Flasche in der Hand und schenkte aus.

Die Gläser glitten über die Theke und blieben zielsicher vor den Gästen stehen, die das Zeug bestellt hatten.

Jerry fühlte sich vernachlässigt. Er stand an der Schmalseite der langen Theke.

»Euch werde ich es zeigen«, sagte er, hob seine Laser-Kanone an und legte die vordere Hälfte des Rohres flach auf die Unterlage. Eine knappe Bewegung des Zeigefingers reichte, um den Lichtstrahl aus der Mündung zucken zu lassen.

Der räumte ab.

Plötzlich zersprangen die Gläser, gingen auch Bierkränze entzwei, und ein bulliger Kerl wurde ebenfalls getroffen. Es wirbelte ihn fauchend in die Höhe, wo er an der Decke zerplatzte.

»Das passiert jedem Wirt, der meiner Bestellung nicht nachkommt«, erklärte Jerry. Er wollte sich einfach ein Glas nehmen und griff hindurch.

»Verdammt auch!«

Es war tatsächlich alles anders geworden. Vorhin, als er sich in dem ersten Saloon befunden hatte, hatte er noch alles anfassen und berühren können.

Jetzt nicht mehr.

Alles war anders geworden, so unwirklich, zwar vorhanden, aber dennoch nicht real, als wäre die Vergangenheit durch eine Zeitverschiebung in die Gegenwart hineingekommen, um diese zu überlagern.

Genau das war der springende Punkt. Und etwas anderes ließ Jerry als Erklärung auch nicht gelten.

Er fragte sich nur, wie er das wieder rückgängig machen sollte.

Jerry nahm sich vor, so lange in der Geisterstadt zu bleiben, bis er wieder die normale Zeit erreicht hatte.

Bisher war alles normal gelaufen. Jerry wäre die Veränderung auch kaum aufgefallen, hätte er sich nicht gedreht und einen Blick auf den Klavierspieler geworfen.

Der Mann am Piano klimperte nicht mehr. Er hatte sich halb aufgerichtet und war in dieser unnatürlichen Haltung stehengeblieben, um schräg auf die Tür schauen zu können.

Auch Jerry blickte hin.

Er sah nichts.

Vollkommen normal wirkte sie. Das Zittern der beiden Flügel kannte er inzwischen. Wenn also dort nichts geschah, mußte draußen etwas vorgehen, und auch die anderen geisterhaften Gäste im Saloon hatten nun etwas bemerkt. Sie waren ebenfalls von den Stühlen aufgestanden, schauten zur Tür, und wie auf ein Kommando hin drehten sich auch die Männer am Tresen um.

Jerry hatte die Stirn in Falten gelegt und flüsterte: »Da geht doch was nicht mit rechten Dingen zu.« Er mußte selbst über seine Worte lachen. Denn was geschah schon hier mit rechten Dingen oder ließ sich rational erklären?

Keinen hielt es mehr auf seinem Platz. Plötzlich besaß die Tür des Saloons für die Gäste eine nahezu magische Anziehungskraft. Jeder wollte sie so rasch wie möglich erreichen, so daß es dicht davor zu einem regelrechten Stau kam.

»Das wird sich der alte Jerry aber mal ansehen müssen«, murmelte er und setzte sich ebenfalls in Bewegung. Er konnte durch die Gestalten huschen und spürte nur wieder diesen kühlen Hauch über seine Haut gleiten.

Mit einigen Gestalten zusammen verließ er den Saloon, ging noch zwei Schritte weiter und blieb dann auf dem Plankengehsteig stehen.

Zu seiner Überraschung hatte sich einiges in der Stadt verändert. War vorhin noch Betrieb auf der Straße und den Stepwalks gewesen, herrschte nun eine nahezu beklemmende Stille.

Zwar waren die Geistgestalten nicht verschwunden, sie hatten sich nur an die äußeren Fassaden der Häuser gedrückt und ihre Köpfe immer nur in eine Richtung gedreht.

Sie schauten zum Ende der Mainstreet hin. Genau dort, wo die Felsen begannen.

Und da kam er.

Jerry hatte ihn bisher noch nie gesehen, nur davon

gehört. Aber er wußte genau, mit wem er es zu tun hatte, schließlich hatte er in London dem Zwillingsbruder gegenübergestanden.

Chikaze!

13. Kapitel

Das also war die alles beherrschende Kraft in dieser verfluchten Stadt. Jerry starrte nach links, schüttelte den Kopf und wollte es kaum glauben.

Er hatte schon viele Obergeister gesehen und bekämpft. Die meisten waren von beeindruckender, furchteinflößender Gestalt gewesen. Aber hier kam ihm jemand entgegen, bei dem man eigentlich lachen mußte.

Eine schwarze Gestalt. Keine menschlichen Umrisse, sondern mehr eine Spirale, denn drehend bewegte sie sich auch weiter.

Das war also Chikaze!

Jerry mußte lachen. Er schüttelte den Kopf, schlug sich mit der freien Hand auf den Schenkel, und sein Lachen hallte durch die Stille.

Chikaze reagierte nicht, er ging oder drehte sich weiter auf der Straßenmitte. Als er näherkam, erkannte Jerry doch etwas in seinem Gesicht. Es waren zwei Augen, klein und wie Sehschlitze, aber fast menschlich.

Bisher hatte er mit keiner Gestalt in dieser Geisterstadt reden können. Er hoffte, daß sich dies bei Chikaze ändern würde, und sprach ihn deshalb an.

»He, du Obergeist, bleib stehen, oder ich jage dir einen Laserstrahl vor den Schädel!«

Chikaze gehorchte zunächst nicht. Er ging noch weiter, und Jerry hielt ihn auch nicht auf, weil er durch ein anderes Geräusch abgelenkt wurde.

Es war ein tiefes, unheimliches Grollen, das aus dem Berg kam und durch einen Tunnel nach außen gedrungen sein mußte.

Jerry ahnte, daß dieses Geräusch nur von einer Detonation ausgelöst worden sein konnte.

Er mußte plötzlich an Destiny und Brody denken, er wußte selbst nicht, warum, aber die weichen Knie ließen sich nicht vermeiden und blieben auch. Er mußte sich breitbeiniger hinstellen, damit Chikaze nichts merkte.

»Bleib endlich stehen!« fuhr er den Geister-Chef an.

Chikaze verhielt tatsächlich seinen Schritt.

Höchstens zehn Schritte trennten sie voneinander. Eine gute Schußdistanz ...

In die Augen des anderen starrte Jerry. Bevor er sprach, verzogen sich seine Lippen. »Du also bist hier der große Meister, wie?«

»Ja ...«

Jerry erschrak so sehr über den Laut, daß er unwillkürlich einen Schritt zurückging. Das war kein Sprechen gewesen, sondern ein schauriges Grollen. Es wehte wie der Nachhall eines Gewitters über die Straße.

Jerry wischte seine feuchte linke Handfläche an der Hose ab. Seine Kehle war ihm eng geworden. Zudem hatte sich die Luft verschlechtert. Wie flüssiges Blei lag sie über der Straße. Sie war kaum zu atmen und mehr zu kauen.

Auch der Himmel hatte ein anderes Aussehen angenommen. Zwar sah Jerry noch die grüne Farbe, aber inzwischen waren dicke, dunkle Wolken aufgezogen.

Typische Gewitterwolken.

»Du weißt, wer ich bin?« redete er den anderen an.

»Ich fühle es.«

»Wie schön, Chikaze. Dann weißt du auch, wer alles auf mein Konto geht. Da gab es einen in London, den haben wir aufgespürt und erledigt. Du kennst ihn, nicht?«

»Mein Bruder.«

»Richtig, Chikaze. Er war sogar noch so frei, uns auf dich aufmerksam zu machen. Deshalb sind wir gekommen. Ach so, ja? Wo stecken eigentlich meine Partner?«

»Der Berg hat sie verschlungen!«

»Was?«

»Sie haben ihre Gräber gefunden.«

»O du verfluchter Bastard, das wirst du büßen. Ich werde dich im Laserlicht regelrecht braten und verbrennen und diese gesamte Geisterstadt einfach abfackeln. Hast du verstanden, Mistkerl? Abfackeln. Merke dir das Wort genau!«

»Auch du wirst sterben! Du hast getötet. Du hast meinen Bruder getötet. Ich werde ihn rächen.«

»Wie denn?«

»Ich zerblase dich zu Staub.«

»Toll!« sagte Jerry Kent spöttisch. »Siehst du das Rohr, das ich in der Hand halte? Schau mal hinein. Wenn es da funkt, ist es mit dir zu Ende. Da nutzen dir auch deine Helfer nichts, die du aus irgendeinem Jenseitsreich wieder zurückgeholt hast.«

»Ghost Valley gehört uns. Wir wollen keine Fremden. Wer sich daran nicht hält, ist verloren. So haben wir es versprochen, so steht es geschrieben. Auch du wirst uns nicht entkommen, das verspreche ich dir. Dieses Tal wird unser bleiben.«

»Wunschträume, Chikaze. Alles nur Gedanken eines irren Medizinmannes. Deine Zeit ist vorbei, Chikaze. Endgültig. Tut mir auch nicht leid.« Jerry hob die Schultern. »Aber es ist nun mal so. Mach dich auf dein Ende gefaßt, Hundesohn ...«

Er schoß.

Er hatte genau gezielt, die beiden Augen immer im Blick behalten, und er richtete den gekrümmten und gezackten grünen Strahl der Laser-Kanone dorthin.

Chikaze blieb stehen. Er schien auf der Stelle festgewachsen zu sein, bewegte sich überhaupt nicht und schaute sogar zu, wie der Strahl ihn voll erwischte.

In einer gezackten Linie fuhr er hinein, begleitet vom siegessicheren Lachen eines Jerry Kent, das jedoch nicht lange anhielt, denn der Geisterjäger mußte mit großen Augen ansehen, was geschah.

Intervallweise brach sein Lachen ab. Jerry schüttelte den Kopf. Das durfte doch nicht wahr sein, das war wider die Erfahrung. Er hatte diesen Bastard doch getroffen – und jetzt?

Chikaze wuchs!

Dabei wurde sein schwarzer, dünner, spiralförmiger Körper von innen aufgehellt und nahm eine andere Form an. Er wurde zu einem Menschen und war schon größer als Jerry.

Jerry ging einen Schritt zurück. Er änderte den Schußwinkel. Noch einmal drückte er ab, und diesmal behielt er den Finger länger am Abzug der Laserwaffe.

Wieder jagte das gürne Licht in den Körper, machte ihn hell, und Peter erkannte ein menschliches

Skelett, dessen Knochengerüst grünlich schimmerte, so daß er jede Einzelheit sehen konnte.

Auch den Schädel!

Jetzt sah Chikaze aus wie der Geist aus London, nur größer und noch langgezogener. Verbrannte, schwarze Haut klebte auf den alten Knochen. Eine Feder steckte im Haar des Chikaze, die wie eine Lanze aus dem Kopf hervorschaute.

Für Jerry brach eine Welt zusammen. Er stand da, hatte das Rohr der Kanone sinken lassen, nahm überhaupt nichts mehr von der Umgebung wahr und kam sich vor wie auf einer schwankenden Hohlinsel mitten auf der stürmischen See.

Nur allmählich konnte er klare Gedanken fassen, und er kam auch zu einem Ergebnis.

Chikaze war ein Phänomen. Woher er kam – ob aus dem Weltall oder der tiefsten Erde –, das spielte keine Rolle mehr. Jedenfalls gehörte er zu den Wesen, die von einem scharf gebündelten Laserlichtstrahl nicht vernichtet wurden, sondern die Energie aufnahmen und sie sogar verarbeiteten.

Er wuchs mit jedem Schuß!

Auch die schwarze Wolke, die ihn bisher umhüllt hatte, verschwand allmählich.

Frei und offen trat er auf Jerry Kent zu.

Als übergroßes Skelett mit einem verbrannten, schwarzen Schädel, in dem zwei weiße Augen leuchteten und der auf seiner oberen Platte noch eine Feder wachsen hatte.

Weshalb Jerry so glucksend lachte, konnte er selbst nicht sagen. Er mußte es einfach, maß die unheimliche Gestalt mit seinen Blicken und stellte fest, daß sie mittlerweile doppelt so groß geworden war wie er.

Wenn er sie noch einmal traf, würde sie noch weiter wachsen.

Seine Chancen waren rapide gesunken. Jerry wußte nicht, welche Waffe er noch nehmen sollte, um dieses Wesen zu vernichten, das jetzt ihn ansprach.

»Ich hatte dir etwas versprochen, Mensch! Und das werde ich auch halten. Gib acht!«

Jerry hörte noch ein Grollen, das ihn von allen Seiten einhüllte, dann hatte er das Gefühl, von einem Tritt erwischt zu werden, denn die Kraft packte ihn, schleuderte ihn in die Luft, und er wußte in den nächsten Momenten nicht, wo oben oder unten war.

Die Welt um ihn herum wurde zu einem Kreisel ...

Einmal sah er die Straße, danach den düsteren Himmel, der einen schwefelgelben Glanz bekommen hatte. Auch die Hausfassaden huschten vorbei, dann prallte er auf.

Nicht auf die Mainstreet, sondern auf das Dach einer Veranda, das sein Gewicht nicht aushielt und brach, so daß er nach unten auf den hölzernen Gehsteig prallte.

Dort blieb er liegen.

Angeschlagen und schon fast geschlagen. Er krümmte sich zusammen, zog die Beine an und stellte mit Erleichterung fest, daß es klappte. Gebrochen hatte er sich nichts, auch seine Arme waren noch in Ordnung, wenn es auch Stellen an seinem Körper gab, die nur noch aus Schmerzen zu bestehen schienen.

Der Druck auf seinem Rücken stammte vom Energie-Tornister. Der half ihm auch nichts mehr. Wahrscheinlich gab es für ihn nur noch eine Chance.

Die Flucht!

Ja, er mußte verschwinden. Wegrennen so schnell wie möglich. Rein in den Wagen und ab.

Das war es!

Jerry stemmte sich hoch. Bevor er auf die Füße kam, mußte er noch einige Bretter zur Seite räumen. An einem Stützpfosten hielt er sich fest, schaute auf die Straße und sah ihn kommen.

Dieser Hundesohn schritt langsam. Er wußte genau, worauf es ankam, und ließ sich Zeit, damit Jerry die letzten Sekunden seines Lebens noch auskosten konnte.

Den Pfosten hielt er umklammert wie ein Betrunkener den Laternenpfahl. Er schaute über die Straße, sah die geisterhaften Gestalten auf der anderen Seite vor den Fassaden der Häuser stehen und starr zu ihm herüberblicken.

Wie eine heiße Lohe stieg die Wut in ihm hoch. »Was glotzt ihr so, verdammt! Was steht ihr da herum und starrt!« Er stemmte sich ab, lief torkelnd auf die Mainstreet und schoß.

Er jagte die grüne Lichtlanze fächerartig den Zuschauern entgegen und freute sich darüber, wie sie heulend und fauchend in die Luft stiegen und zerrissen wurden.

Wo sie zuvor gestanden hatten, begann die Hauswand zu brennen. Wie lange Arme schossen die ersten Flammen hervor, waren unersättlich in ihrer Gier, leckten höher und höher, so daß sie innerhalb von Sekunden das erste Haus in Brand gesetzt hatten.

»Abfackeln!« schrie Jerry. »Ich habe versprochen, alles abzufackeln. Und das Versprechen werde ich auch halten, ihr verfluchten Kreaturen ...«

Da traf ihn der Tritt.

Er hatte in seiner Wut nicht mehr auf Chikaze geachtet, das rächte sich nun, denn der Aufprall schleuderte ihn abermals in den Staub.

Auf dem Rücken blieb er schließlich liegen, schaute nach oben und sah die riesige Gestalt vor sich.

Das war nicht alles.

Was ihn fast um den Verstand brachte, war der verdammte Knochenfuß des Medizinmannes, der sich bereits über seinem Körper befand und allmählich herabsank.

Chikaze wollte Jerry in den Staub drücken und zertreten ...

»Jerry ...!!!«

Der Schrei gellte über die Straße, und Jerry glaubte, einen Traum zu erleben, denn diese Stimme kannte er.

Es war Brody mit seinem Blechkessel-Organ, der so laut gerufen hatte und angerannt kam.

Hinter ihm lief Destiny. Noch nie hatte sich Jerry so über den Anblick der beiden gefreut, auch wenn der Fuß des Medizinmannes immer bedrohlicher wurde.

Sie waren bewaffnet und würden ihre Kanonen einsetzen, dachte Jerry im nächsten Augenblick voller Entsetzen.

Was dann geschah, konnten sie ja nicht wissen. Niemand hatte ihnen bisher etwas von einem Energiefresser erzählt.

»Nicht schießen!« brüllte er. »Um Himmels willen, nicht schießen!«

Brody und Destiny hatten verstanden, aber nicht begriffen. Zum Glück blieben sie stehen, Destiny rechts an der Straßenseite, Brody links, die Mündungen ihrer Waffen auf Chikaze gerichtet.

Jerry nutzte die Gunst der Ablenkung. Auf dem Rücken liegend rutschte er zurück, aus dem Gefahrenbereich des Knochenfußes hinaus.

Er schaffte es.

Zuletzt zog er die Beine an und blieb auf der Straße knien. Er starrte auf den Rücken der häßlichen Gestalt, die er nicht besiegen konnte.

Er stand auf.

Jetzt war Chikaze von den drei Geisterjägern eingekreist, aber so günstig ihr Standort auch war, erreichen konnten sie nichts. Dieses Monstrum war auf die normale Art und Weise nicht zu besiegen.

Die Spannung wuchs noch.

Destiny unterbrach die Stille. »Weshalb können wir nicht schießen, Jerry?«

»Der frißt Energie!«

»Auch Laser?«

»Das ist wohl sein Lieblingsgericht.«

»Und was machen wir jetzt?« fragte Brody.

»Die Beamtenprüfung. Drei Stunden stumm vor sich hinstarren.«

»Das machst du doch immer, Jerry.«

»Halten Sie sich da raus, Mister Brody«, antwortete Jerry und schlich zur Seite.

Chikaze, das Monstrum, hatte seinen Kopf gesenkt. Der schwere Schädel pendelte. Einmal war er auf Brody und Destiny gerichtet, dann schauten die starren Augen wieder Jerry an, als könnte er sich nicht entscheiden, wen von den dreien er zuerst angreifen sollte.

Ein großes Skelett mit grün schillernden Knochen und einem verbrannten Schädel hatte Jerry auch noch nicht gesehen. Die schwarze Haut wirkte wie zusammengeklebter Ruß. Hinter dieser Gestalt leuchtete jetzt etwas in einem strahlenden Rot.

Es war Destinys Lampe!

Höchste Alarmstufe. Das Geisterspürgerät hatte einen mächtigen Gegner vor sich und reagierte entsprechend.

»Wir können ja die Ströme kreuzen. Wie damals im Keller!« rief Destiny.

»Dann wächst er um das Dreifache!« brüllte Jerry zurück.

»Ich glaube, ich haue ab und erfinde etwas Neues«, murrte Destiny.

»Du bleibst!« befahl Jerry. »Entweder gehen wir gemeinsam drauf oder gar nicht. Aber nicht einzeln.«

»Ja, schönen Tod noch, Jerry.«

»Gleichfalls.«

In diesem Augenblick wurde der Himmel von einem geisterhaften Flackern erhellt. Es war der erste Blitz, der der Erde schräg entgegenraste und in der Geisterstadt einschlug. Dem Blitz folgte ein krachender Donnerschlag, der die Erde beben ließ.

Das alles bekamen die Geisterjäger nur am Rande mit, denn sie hatten gesehen, wie Chikaze auf den Blitz reagierte.

Er selbst hatte sich nichts daraus gemacht, dafür die Feder auf seinem Schädel. Im Augenblick des Einschlages war sie in einem blauweißen Funkenregen aufgeglüht, als wäre sie der Energiequell für sein unheiliges Leben.

Die Idee hatte Jerry.

»Auf die Feder, Freunde!« schrie er. »Ihr müßt auf die Feder zielen und sie treffen. Dann haben wir ihn.« Er hob schon seine Laser-Kanone.

Auch Chikaze hatte die Worte verstanden und handelte. Während der zweite Blitz aus den dunklen, zusammengedrängten Wolkenbergen schoß, setzte sich Chikaze in Bewegung.

Der Medizinmann wollte flüchten, und er rannte dabei direkt auf Destiny zu.

Selbst im Stollen war Destiny nicht so schnell gerannt wie in diesen Sekunden. Quer über die Mainstreet hetzte sie auf Brody zu, der gerade abdrückte.

Die Lichtlanze fuhr zwar aus dem Rohr, aber sie traf die Feder nicht. Haarscharf verfehlte sie das Ziel.

Chikaze wollte in die Berge. Wenn er die Felsen erreichte und dort hinaufkletterte, konnte er verschwinden, ohne daß die drei Geisterjäger ihn je einholen würden.

»Nicht entkommen lassen!« brüllte Jerry und rannte ebenfalls wie ein Wahnsinniger.

Er war einfach nicht zu stoppen, überholte Brody und Destiny und dachte nicht mehr an seine schmerzenden Knochen. Er wollte nur noch Chikaze.

Wieder wechselten sich Blitz und Donner ab. Über der Geisterstadt tobte ein Inferno. Noch war es ein Trockengewitter, und jeder Blitzstrahl belegte die Fassaden mit einem geisterhaften Leuchten.

Chikaze war zu schnell. Mit jedem Schritt gewann er mehr Abstand, und auch seine Feder bewegte sich heftig auf und ab, so daß sie kaum zu treffen war.

Er erreichte die Felsen.

Mit einem Satz sprang er auf einen hohen, kantigen Stein. Diese Aktion wurde von einem krachenden Donnerschlag begleitet, während Chikaze seinen rechten Skelettarm ausstreckte, um eine kleine Felsnase zu erreichen.

Dort klammerte er sich fest, wollte sich hochziehen, als die drei Geisterjäger im Widerschein eines Blitzes erkannten, daß das Gestein bröckelte.

Es brach!

Und Chikaze fiel zwischen die Felsen. Mit dem Knochenrücken prallte er erst auf, rutschte über einen Buckel und kam vor ihm zur Ruhe.

»Jetzt oder nie!«

Jerry war als erster da.

Er wartete noch eine Sekunde, bis ihn die anderen erreicht hatten, und dann schossen sie.

»Zuuugleich!« schrie Brody.

Chikaze hatte sich erheben wollen, aber die Laserstrahlen waren einfach schneller und genauer gezielt. Sie jagten in die Feder hinein, die plötzlich aufglühte, zu einer Flamme wurde und eine wolkenartige, widerliche Masse verspritzte.

»Schleim!« schrie Jerry entsetzt und rannte weg.

Er wurde nicht getroffen, die beiden anderen um so stärker. Aber lange brauchten sie nicht zu leiden, denn im gleichen Moment öffnete der Himmel seine Schleusen und spülte alles weg.

Den Schleim, die Geister, er löschte den flackernden Brand, und er spülte auch die staubigen Überreste eines gewissen Chikaze in die Rinnen zwischen die Felsen.

Zwei Männer und eine Frau aber waren glücklich.

Sie rannten aufeinander zu, umarmten sich, tanzten wie Kinder und rannten durch den strömenden Regen über die Mainstreet der Geisterstadt, die keine mehr war.

Und wie war das mit dem Versprechen?

Das löste Maxie del Ray ein. Jerry, Brody und Destiny bekamen den Scheck über fünfzigtausend. Allerdings konnten sie sich nicht über die weitere Belohnung einigen: Destinys Eifersucht ließ nicht zu, daß Brody oder Jerry sich näher mit Maxie beschäftigten.

Selbst der große Daniel F. Teabone zeigte so etwas wie Rührung. Er stellte alle Hinausgeworfenen wieder ein und rückte sofort mit einem neuen Vorschlag heraus.

»Aber mit euch, Jungs, mache ich einen Film, der die Welt erschüttern wird. Ist das ein Wort?«

Die drei schauten sich an.

»Willst du?« fragte Jerry seinen Freund Brody.

»Nein, ich habe zu krumme Beine.«

»Und du, Destiny?«

»Niemals«, sagte sie entschieden. »Ich hätte schon längst Filmstar sein können, wenn ich gewollt hätte. Ich will Geisterjäger sein, verdammt noch mal!«

Jerry hob die Schultern. »Da sehen Sie mal, Teabone, wir sind zufrieden. Komisch, wie?«

»Ja, ja«, murmelte der Produzent. »Das ist wirklich komisch. So etwas kann es doch heute nicht mehr geben ...« Wie ein geprügelter Hund schlich er davon, begleitet vom Lachen der drei Londoner Geisterjäger ...

Ende

Band 13 013
Martin Eisele
Joey
Der Junge, der mit den Geistern sprach
Originalausgabe

Das Buch zum Film von Roland Emmerich, der mit »Das Arche-Noah-Prinzip« als deutscher SF-Filmer bekannt wurde.
»Joey« ist die erste deutsche Großproduktion eines unheimlichen Filmes nach dem Krieg und startet im Juli 1985 mit über 100 Kopien. Der Titelheld ist ein kleiner Junge, der Kontakt mit dem Geist seines toten Vaters aufnimmt und eine Expedition in das Geisterreich startet.